目次

古事記

序

一　過去の時代、八百万《やおよろず》の神

親愛なる陛下、わたくし安万侶《やすまろ》、ついに陛下の歴史を物語った尊い本を書き上げましたことを謹んで申し上げます。

このあまりにも素晴らしい書物について、きっと陛下もはやく詳細をお聞きになられることをご所望かと存じますのでご説明させていただきます。

本書では、まず我々の住むこの世界のなりたちから語らせていただいております。

そもそもこの世界のはじまりは混沌に満ちており、あらゆるものが混じり合っておりました。

そのうちに世界が天と地にわかれ、最初に三人の神がお生まれになり、つぎに陰陽《いんよう》の属性を持った伊邪那岐命（イザナギノミコト）と伊邪那美命（イザナミノミコト）というふたりの神が誕生いたしました。

このふたりは大変仲の良い恋人であり、さまざまな神を生むことになります。

有名なところでは冥界から帰ってきたときに伊邪那岐が目を洗うと、太陽の神――天照大御神（アマテラスオオミカミ）と、月の神――月読命（ツクヨミノミコト）が生み出されました。海で水を浴びようものなら、何万もの数えきれない新しい神々が生まれたのです。

世界のはじまりのことは詳しくわからないにせよ、とにかくこうした八百一万の神のことはいまだに語り継がれております。

天照大御神が天岩戸《あまのいわと》に隠れたり、その弟の建速須佐之男命（タケハヤスサノオノミコト）が八《や》俣《また》の大蛇《おろち》を退治したり、神々が天の河原で会談をしたり、そうした神話の時代を経て、王の世に続く基礎が作られていきました。

雷の神である武甕槌命（タケミカヅチノミコト）が、出雲《いずも》で大国主神（オオクニヌシノカミ）に国を譲るようにお話されて国内も治まり、これによって天孫降臨《てんそんこうりん》がなされ、ひとりの王が大和の国をめぐりました。

これが陛下のご先祖様である初代の王でございます。

ご先祖様は天から剣を授かり、川からでてきた熊や、尾のある人と戦い、巨大なカラスに導かれて吉野へ行かれたり、近江《おうみ》の高千穂の宮で国境をさだめ、大和の飛鳥《あすか》の宮で一族の系統をお正しになりました。

その後も、ある王は戦歌とともに敵を討ち、夢で見た神様を祀《まつ》り、賢王《けんおう》と讃えられ、またある王は、慈悲深く民を扱ったため、聖王《せいおう》と讃えられたのです。

歴代の王はみな、いろいろな性格をお持ちでしたが、どの方々もみな過去に学び、道徳的かつ現実的に清く正しい生き方をされたのでした。

二　この本が書かれるまで

月日が経って、飛鳥の清原の大宮において天下をお治めになったある王子がおりました。

この王子はいずれ四十代目の王になる資格を備えたお方でしたが、ある日、夢で聴いた歌により未来を知り、甥である三十九代目の王を倒す決意をされ、吉野の山で準備をはじめます。

多くの支持者を集めながら東国《とうごく》を進み、兵を興《おこ》して山河を越え、軍隊は雷のような勢いで進攻いたしました。

赤い旗のもとに戈《ほこ》や剣を振るう兵士たちは士気も高く、敵兵はまるで瓦が割れるように逃げ去り、わずか十二日たらずで戦は大勝利に終わりました。

戦いに使った牛馬を野に放ち、すっかり穏やかな気分になって大和の国に帰ると、旗や戈をしまって、舞い踊りながらまた飛鳥の宮に戻られ、酉の年の二月に、清原の大宮において、初代より数えて四十代目の新王として即位なされたのです。

この王は、その徳たるや空前絶後、世界じゅうの歴史を紐解いてもかつてないほどのすばらしい方でした。

神器を手にして天下統一、陰陽五行《ごぎょう》の理《ことわり》を知り、人の道を説き、民を導いて国家を豊かにされました。そればかりではなく、知識欲も旺盛でしたので歴史を学んでいるときにふと、こんなことを申されました。


「少し小耳に挟んだのだが、この国に伝わっている帝紀《ていき》と旧辞《きゅうじ》という歴史書はすでに多くの間違いがあるらしいではないか。私の時代にそれを正しておかねば、そのうちまた間違った歴史が伝わってしまう。これは国家の根底にかかわることではないか？　いまから旧辞と帝紀をあわせて書き直し、正しい歴史を後世に伝えようと思うのだが、この役目にふさわしい男はおらぬか」


ここで白羽の矢が立ったのが稗田阿礼《ひえだのあれ》（二八歳）という男です。

彼は博覧強記《はくらんきょうき》の切れ者でありながら性格も良かったので、帝紀と旧辞の編纂《へんさん》を任されることになりました。

しかし時は流れ、世代が変わってもまだそれは完成していませんでした。

三　この本に込めた想い

以上のことはもちろん聡明なる陛下もまたご存知のことであり、僭越ながらわたくしめが口を挟むことではございませんが、念の為確認したまでであります。

忘れもしないあの日、和銅《わどう》四年九月一八日、陛下はわたくし安万侶に、

「安万侶よ、稗田阿礼が記憶している旧辞を新たに記し定めて私に献上せよ。この仕事は私が心より信頼を寄せるおまえにしかできぬ。くれぐれも任せたぞ」

と仰せになられましたので、謹んでわたくしめが新たにその任を承りました。

完成までわずか四ヶ月ですが、このあいだ試行錯誤と苦労がございました。

旧辞は非常に昔に書かれたものでしたので、言葉も意味も少なく、かなりわかりづらいのです。

訓読みの漢字だけでも、音読みだけでも、どうしても不具合が出てしまいます。そもそも漢字というものは漢からきたもので和語とはちがうわけでして、我々の国の言葉の機微をなんとかして伝えるためにいろいろな使い分けをしてみたり、意味を込めたりしておりますが、わたくし安万侶は、とにかく今の時代に即して読みやすくすることを目指しました。

注釈も多くあったのですが、それらもふくめて、全部本文にまとめてみました。

書きはじめると筆が乗ったこともあり、天地のはじまりから百年前くらいまでの物語となりました。

気持ちが先走っているぶん、原典を疎《おろそ》かにしているように見える部分もありますが、それはきっと気の所為です。

わたくしの書いたこの古事記こそが陛下の真実を伝える唯一無二の書物であります。

上巻中巻下巻、三冊を書き上げ、このたび写本室から納品されたのでまずは陛下にぜひお読みいただきたく、謹んで献上いたします。

和銅五年正月二十八日　　正五位《しょうごい》の上動五等《じょうくんごとう》　太朝臣安万侶《おおのあそみやすまろ》

はじまり

遙かなる時の果てこの世界のはじまりのとき、天上界――高天原《たかまのはら》に三柱の神が顕現されました。

その名を天之御中主神（アメノミナカヌシノカミ）、高御産巣日神（タカミムスヒノカミ）、神産巣日神（カミムスヒノカミ）、この神々は肉体を持たぬ、概念のような存在であり、見ることも触れることもできませんでした。

次に水に浮いた小さな脂のような、水母にも似た世界が漂っているときに、泥の中から葦が育つように現れたのが宇摩志阿斯訶備比古遅神（ウマシアシカビヒコヂノカミ）と天之常立神（アメノトコタチノカミ）です。

天界にあらわれたこの五柱の神こそが、世界のはじまりを司る独神《ひとりがみ》だったのです。

しかし、これらの神は現れてすぐに世界のどこかにお隠れになってしまいました。

それからまた次々に神々が現れましたが、そのなかに伊邪那岐命（イザナギノミコト）、伊邪那美命（イザナミノミコト）という美しい兄弟がおりました。

このふたりこそが我々の国を作る、重要な神となります。

一　伊邪那岐命と伊邪那美命の章

国を作る

高天原に暮らす神々は、日々世界を作る作業に勤しんでおりましたが、ある日、天の声が、まだ仕事を与えられていない伊邪那岐命（イザナギノミコト）と伊邪那美命（イザナミノミコト）のふたりに、とある命令を下しました。

――伊邪那岐命、伊邪那美命よ、まずはこのなにもない世界に、そなたたちの力で最初の国を作ってはみぬか。

「最初の国を？」

ちょうど天にも退屈していた、好奇心旺盛な伊邪那美は大きな目を輝かせました。

しかし、保守的な伊邪那岐は細い目をさらに細めて肩をすくめます。

「高天原だけで良いではありませんか、なにゆえにそのようなことを」

「兄上よ、胸が踊りませぬか。この世界に我らが新しい国を作れるのですよ」

伊邪那美が伊邪那岐の手を握ってきらきらとした目で言いましたが、

「億劫だ」

そう言って伊邪那岐は座り込みます。

――どうじゃ、この任を全うできるか。

無理ですと言おうとする伊邪那岐の口を塞いで、伊邪那美は元気よく、

「ぜひお受けいたします」

と告げました。

――ではこれを授けよう。

その声とともに天から立派な矛が降りてきます。

――それは天沼矛《あめのぬぼこ》という。持っていくが良い。

こうしてふたりは地上に国を作る仕事を与えられました。

栄誉あるこの仕事を成すためにはまず、下界に降りねばなりません。

ふたりはさっそく下界と高天原をつなぐ、天《あめ》の浮橋《うきはし》という場所に立ちました。

「兄上よ、見てください。下を。水しかありませぬぞ」

「帰りたいのう」

「しっかりしてくださいませ。まだ下界にすら降りておりませぬ」

「弟よ、そなたは下界がどうなっているのか知っておるのか。噂によるとなにもないらしいぞ。それ、水しかない」

「水があるではございませんか。我らでいろいろ作ってまいりましょう」

「私たちは絶対神様に嫌われておるぞ。体のいい厄介払いだ」

「そのようなことはございません。ほら、この矛をごらんください。大変立派ですよ」

「仕方あるまい。まずはこの矛で深さを調べるとするか」

伊邪那岐が矛をおろして世界をかき回して抜いた——と、そのときに矛先から滴った海水が落ち、それが固まって島になりました。

「見たか……？　いまのを。海水が島になったぞ。恐ろしい」

「かわいい島でございますね。淤能碁呂島《オノゴロジマ》という名前にいたしましょう」

「億劫だが、仕方あるまい。あれを足がかりに国を作っていくとするか」

こうして伊邪那岐たちは嫌々ながらもその島へと降りていきました。

二神の結婚

島に降りるとできたばかりの大地は生命力にあふれた濃厚な土の香を漂わせ、しっとりとした水気を含んでおりました。

ふたりはまずそこに柱を立てて神殿を建築し、生活の拠点といたしました。

「弟よ、高天原から降りてきたばかりで、どうやら私の身体はまだ不完全なのだが……そなたはどうだ？」

兄の伊邪那岐がそうたずねると、弟のほうも体を撫でながら、

「私の身体のほうは兄上に比べ、少々小さいかも知れません」

と答えました。

「そうか。私のほうはいささか出来すぎた部分もあるようだ……」

と、伊邪那岐は股間にあるものを衣の上から撫でました。

それを見ていた弟は、胸の奥に突き上げてくる名状しがたい欲望を感じて、思わず兄の胸元にしなだれかかり、

「兄上、どうも私はさきほどからこうしたくてたまらないのです」

そう言って指で兄のうなじをなぞると、首筋に口づけました。

「いや、待つのだよ弟よ……」

ついぞ味わったことのない奇妙な感覚。身体の奥に目覚めた熱い疼きを抑えながら、

「うむ。余興を盛り上げる遊びを思いついたぞ」

と言って、短い絹の布を使って弟に目隠しをしました。

「兄上、これは一体」

「余興だ。楽しめ」

伊邪那岐はそう言って自分にもそれをつけると、

「このまま、この柱を回るのだ。そなたは右から、私は左から」

「この余興、大変おもしろそうでございます」

そう言って柱をぐるっとまわり、やがて反対側でぶつかったとき、弟は兄の身体を撫で、

「嗚呼、なんと美しい身体でありましょう」

とため息を漏らしました。兄のほうも、

「嗚呼、なんとも愛らしい身体……一体誰のものか」

と、お互いに身体をまさぐりあいました。顔から首筋、肩、そして胸を通って、腰、やがて中心に近づくと、ふたりは思わず、「嗚呼……」と官能のため息を漏らします。

その頃にはすでに目隠しのことも忘れ、ふたりは衣を脱ぎ捨てて抱き合っておりました。

はっと我にかえった兄が、

「ならぬ……兄弟でこのようなこと――高天原から見ている者がいるかも知れぬ」

そう言って身を引きはがそうとすると、弟は接吻で兄の唇を塞いで、

「兄上。我々は神。神に許されぬことはございませぬ。それにこれは国生みに必要な儀式でございます」

こうして、ふたりが交わり、柱のそばに寝転んで余韻を楽しんでおりますと、突然、伊邪那美が腹をおさえてうめき声をあげました。

「どうしたのだ弟よ」

「兄上……なんだか腹の具合が」

見る見るうちに伊邪那美の腹が膨らんでいきます。

「これは何事か。面妖な」

「うう……なにかが出てくる……生まれそうだ」

額にびっしりと汗をかいて、伊邪那美が仰向けで両足をひろげました。

「嗚呼……兄上……見てはなりませぬ」

伊邪那岐はその言葉を聞かずに、興味深くその部分を見つめました。

激しい息とともに、弟の下半身より、なにやら粘液質のものが溢れ、中からずぼりと半透明の生き物が生まれてきました。

「なんと不可思議な」

生まれてきたものを目にする前に弟は気を失ってしまいましたが、

――これはあまり見せないほうが良いだろう……。

と判断して、兄は気を失っている弟にはなにも言わずにこっそりと、それを葦の船にのせて静かに送り出しました。

それは水蛭児《ヒルコ》と呼ばれる、骨もなにもないぐにゃぐにゃしたものだったのです。

次にまぐわったときにも同じことが起きましたが、今度生まれたのも、淡島《あわしま》という小さな島でした。

「おかしいな。国が生まれると聞いていたのに」

どうも国作りがうまくいかぬので、伊邪那美が困り果てて天の神様に相談してみると、鹿の肩の骨を焼く占いで、「兄の覇気が足りぬ」というお告げが出ました。

――伊邪那岐、気持ちがよくわからない……。

――伊邪那岐、やる気が見られない……。

――伊邪那岐、マグロすぎ……。

どこからともなくあたりの壁からそんなささやき声が聞こえてきました。

伊邪那美はなんとなく事情を察して、

「私の技術でなんとかいたします」

そう言い、次のまぐわいでは兄の伊邪那岐を焦らして攻めまくりました。

そうすると、兄も積極的になり、これまでのことが嘘のように続々と国が生まれていきました。

まずは淡道之穂之狭別島《アワジノホノサワケノシマ》、次に伊予之二名島《イヨノフタナノシマ》――この島には四つの顔と名前がありそれぞれ、

伊予国、愛比売《エヒメ》。

讃岐国、飯依比古《イイヨリヒコ》。

粟国、大宜都比売《オオゲツヒメ》。

土佐国、健依別《タケヨリワケ》。

といいます。ちなみにこれが今の四国です。

次に生まれた島は、隠伎之三子島《オキノミツゴノシマ》、別名、天之忍許呂別《アメノオシコロワケ》。

次に生まれた筑紫島《ツクシノシマ》は、また四つの顔を持っており、筑紫国は白日別《シラヒワケ》、豊国は豊日別《トヨヒワケ》、肥国は建日向日豊久士比泥別《タケヒムカヒトヨクジヒネワケ》、熊曾国は建日別《タケヒワケ》と言います。

次に、伊伎島《イキノシマ》、別名、天之狭手依比売《アメノサデヨリヒメ》、その次が佐度島《サドノシマ》、次が、大倭豊秋津島《オオヤマトトヨアキヅシマ》、別名、天御虚空豊秋津根別《アマツミソラトヨアキヅネワケ》。

以上、最初に生まれたこの八つの島を「大八島国」と言います。

その後、ふたりが淤能碁呂島に戻ってから生んだのが、吉備児島《キビノコジマ》、別名を、建日方別《タケヒカタワケ》、またの名を小豆島《アヅキシマ》、大野手比売《オオノデヒメ》。

次に、大島《オオシマ》、別名、大多麻流別《オオタマルワケ》。

続いて、女島《ヒメシマ》、別名、天一根《アメヒトツネ》。

さらに知訶島《チカノシマ》、別名、天之忍男《アメノオシヲ》。

最後に両児島《フタゴノシマ》、別名、天両屋《アメフタヤ》。

合わせて六島。

こうして勢いづいたふたりの神によって、日本のすべての島がわずか数日で生み出されたのであります。

火神殺し

国を作り終えたあと、ふたりは次に新たなる神々の創作にとりかかりました。

すでに手慣れていたふたりは、創作意欲の赴くまま、ひたすら身体を重ねておりましたが、火の神である火之迦具土神（ヒノカグツチノカミ）を作る途中、弟の伊邪那美の性器が焼けただれてしまいました。しかしなおも創作は続きます。

「そろそろ止そう……このままではそなたが死んでしまう」

「今更なにをおっしゃいますか。もとより死など覚悟しております。さあ、この命が尽きるまで創作を続けましょう」

伊邪那美は血を吐き、体中からあらゆる情熱を絞り出し、それがすべて神となりました。

しかし生み出した島が十四、神が三十五になったとき、さすがに無理が来ました。火之迦具土を生んだときにとっくに限界を超えていたその身は、いつ朽ち果ててもおかしくなかったのです。

「兄上、私はもうそろそろ力尽き……黄泉《よみ》の国《くに》へと旅立ちます」

「待て！　私をひとりにするのか」

「兄上にはこれまで生んだ神々がいるではありませんか……」

「そんなものそなたひとりに比べれば意味のないものだ」

伊邪那岐の言葉も虚しく、伊邪那美は彼の腕の中で息絶えてしまいました。

伊邪那岐はその肉体を抱きながら涙し、十拳剱《とつかのつるぎ》を取ると、生まれたばかりの火之迦具土の前に立ち、

「火之迦具土神……貴様さえ生まれなければ弟が死ぬこともなかったのだ!」

そう叫び、剣を振り下ろして首をはねました。その血からまた神々が生まれるのを見ても、もはや伊邪那岐の心はまったくなにも感じません。地に伏したまま動かぬ伊邪那美の身体は伊邪那岐の眼の前でみるみるうちに土中へと沈み、黄泉の国へと消えて行きました。

「なんということだ……私はひとりになってしまった……」

その日から伊邪那岐は神殿に引きこもるようになってしまったのです。

黄泉の国

弟を失い、子供を殺した伊邪那岐は神殿のなかで、寝食を忘れて衰弱していきました。

――私はどうすればいい……弟よ、私はそなたを忘れることができぬ。もう一度会いたい……しかし、黄泉の国へ行くことは禁じられている……。

神殿のなかで想いをつのらせていたある日、伊邪那岐はついに立ち上がり、

――少しだけ、声だけなら良いのではないか……。

そう自分に言い聞かせ、ふらふらと立ち上がって禁断の地、黄泉の国へと向かいます。

黄泉の国に近づくにつれて、あたりからは緑が失われ、岩と暗闇の支配する世界となっていきます。やがて入り口にたどり着くと、その扉の前で伊邪那美に声をかけました。

「愛する弟よ、そこにいるのなら聞いてくれ……そなたがいなくなってから、私は夜のなかでひとり死んだように生きている……いまいちど昼の世界へ戻ってきてくれぬか」

すると、その声に応えて中から伊邪那美の声が聞こえてきました。

「兄上……」

「伊邪那美、そこにいるのか」

「残念です。兄上がもっと早く来てくだされば……」

「どういうことだ」

「私は黄泉の国の食物を食べてしまいました……身体がもう穢《けが》れているのです。でも、せっかく兄上がいらしたのですから、なんとかして黄泉の国の神を説得してみましょう。少し時間をください」

「おお！　いつまでも待つとも！」

「約束してください。その間に、絶対に私の姿を見ぬと」

「もちろんだとも」

伊邪那岐はそう言ってその場で待つことにしましたが、一時間、二時間、三時間経ってもなかなか返事がありません。

――遅い……もしかして中でなにかあったのではあるまいか？

そう思って、伊邪那岐はこっそり扉を開けて中に入っていきました。

扉のなかは、薄暗く、なんだか肉の腐った生臭いにおいが漂っていました。髪につけた櫛を折り火をつけて明かりにすると、あたりが照らされて様子がわかりました。そのまま奥へ奥へと進んでいくと、なにかが見えてきました。

「あれは……」

蛆《うじ》に覆われた死体でした。近づいてみると、おまけに身体の手足など、いたるところに雷神がくっついていました。

「なんだこの醜い死体は……」

あまりの醜さに伊邪那岐が踵を返して逃げようとしたところで、背後から声が聞こえてきます。

「兄上……僕です。あんなに約束したのにどうして来てしまったのですか」

「伊邪那美……いや、私の弟がこんな醜い死体のはずがない！　さては黄泉の国の魔物か……」

「相変わらず頭の固いお方だ……かくなるうえは私とともにここで暮らしていただきます」

そう言うと、伊邪那美は黄泉の国の亡者たちに命令して、逃げる伊邪那岐を追わせました。

――まさかあれは本当に伊邪那岐なのか？　だとしたら会いに来た私が間違っていた……あいつは過去の弟ではない。

伊邪那岐が逃げながら山葡萄や筍で亡者をいなすと、伊邪那美は八人の雷神に一五〇〇の軍勢を持たせてさらに追いかけます。

伊邪那岐は現世との境にある黄泉比良坂《よもつひらさか》にたどり着き、そこに生えていた桃の実を三つ投げるとその聖なる力によって軍隊はたちまち霧散。やっとのことで黄泉の国から脱出すると、入り口を大岩で塞ぎ、あちら側にいる伊邪那美に向かって言いました。

「私はもうそなたと共に生きることはできぬ……私のことは忘れてくれ！」

「愛する兄よ、相変わらずあなたは身勝手ですね。ならば私はあなたを忘れないようにこの国の命を毎日一〇〇〇人ずつ奪うことにしましょう」

「ならば私は一五〇〇の命を作り出そう。もう二度と会うことはないだろう」

そう言ってふたりは完全に袂を分かち、本当に二度と会うことはありませんでした。

禊《みそぎ》と三貴子

黄泉の国から帰ってきた伊邪那岐は、水辺のほとりに立ち、

——なぜこんなことになってしまったのだ。どうして私はあんなところに行ってしまったのだろう……もう二度とこんなことがないように穢を落とすことにしよう。

そう思い、衣服を脱ぎ捨て水で身体を洗いました。するとその肉体や衣服から無数の神々が生まれました。

最後に右目を洗ったときに、天照大御神（アマテラスオオミカミ）。左目を洗ったときに月読命（ツクヨミノミコト）。鼻を洗ったときに建速須佐之男命（タケハヤスサノオノミコト）が生まれました。

「なんという立派な神だ……そなたたちこそ私と弟の最後の傑作。天照よ、そなたは神々の住まう高天原を治めるがいい」

長身で切れ長の目に眼鏡をかけた、いかにも切れ者といった風情の天照はそれを聞いて不遜な笑みを浮かべ、伊邪那岐を見下すように早口で言いました。

「おやおや、父上にしては妥当な判断ではないですか？　それはつまりこの兄弟のなかで最も頭脳明晰《ずのうめいせき》眉目秀麗《びもくしゅうれい》な私が高天原を統治するのは当然と考えてのことですね。まあ安

易といえば安易ですが悪くないですよ？」

伊邪那岐は、なんかこいつ面倒くさいなと思いました。

「……月読、そなたには夜の世界を任せよう」

金髪のくせ毛を指に絡ませ、発酵した酒の入った器を揺らし、なめし革張りの椅子に腰掛けていた月読は紫色の衣を脱ぎながら、

「かしこまりました。永久指名ということでよろしいでしょうか」

「なんでも良いがなぜ服を脱ごうとしている」

「冗談ですよ父上」

「何の冗談なのかよくわからぬ」

「これから就任記念祭の準備をしますので、父上もお越しの際にはぜひ甕酒《かめしゅ》をお入れくださ い」

伊邪那岐は、こいつは適任だったなと思いました。

「最後に須佐之男……どうした。そなた、手首から血が出ておるぞ！」

「くっ――黄泉の国が我を呼んでいるということか」

左右違う瞳の色をした少年は、地面に片膝をついてぶつぶつ言いました。黒い衣からはみ出した均整の取れた浅黒い肉体とは裏腹に、その瞳は昏く、どこか不良性の孤独をまとわせています。

「そなたには海を任せたいのだが」

「海か……広いなあ……大きいなあ……だがもはや我にはすべてが虚しい。なぜ生まれてきたのか、なぜここにいるのか……父よ、我は何者なのか……殺せっ！」

伊邪那岐は、こいつに関わると間違いなく厄介なことになると思い無視しました。

こうして世界に暗雲たちこめるなか、物語は次の世代へと引き継がれていきます。

二　天照大御神と須佐之男命の章

須佐之男命、天へ行く

伊邪那岐命（イザナギノミコト）によって国の統治を命じられた三人でしたが、須佐之男命（スサノオノミコト）だけがその言いつけを守らず、大人になっても鬱々と泣いておりました。それだけならまだしも、彼が泣くせいで山の木は枯れ、海から水がなくなり、邪悪な神々が蔓延《はびこ》り、国はめちゃくちゃになっていました。

呆れ果てた伊邪那岐は、

「いい加減にしろ。おまえは神としての自覚がないのか、この国の荒れようを見よ」

父親らしい説教をしましたが、須佐之男はまったく聞く耳を持たず冷笑を浮かべました。

「知ったことか……我の世界は闇だ。闇がふさわしい。もっと我の心の闇を見せつけてやる」

「何が不満だというのだ」

「父よ、我を黄泉の国に行かせてくれ。我は黄泉津大神（ヨモツオオカミ）に会いたいのだ」

「そなたは黄泉の国に憧れてるようだが、あそこはそんなに良いところではない」

「我の荒ぶる病んだ魂の安息の地は……あそこしかありえませぬ」

「聞け須佐之男。そなたは黄泉の国という言葉の響きのかっこよさに憧れておるだけだ。私にはわかる――そなたの衝動は単なる一過性のものにすぎぬ。大人になれ」

伊邪那岐の説教を無視するように、須佐之男はニヤニヤと小馬鹿にするような笑みを浮かべて言いました。

「黄泉の国に行かれたら困ることでもあるのでは？」

「何を言っている」

「兄に聞いた。黄泉津大神はかつて、伊邪那美という名で、あなたの恋人だったという」

「天照、余計なことを吹き込みおって……」

「無慈悲なる父よ……我ならば恋人がどんな姿になっても抱ける。つまり、我のほうが伊邪那美にふさわしい！」

「戯言を！　息子だと思い甘やかしすぎたか。わかった……もういい。この国から出ていくがいい。勘当だ」

「図星か？　あんたは最初から我を嫌っていた」

「そう思いたいなら思うが良い。疲れた。私は今後一切そなたとは関わらぬ」

こうして伊邪那岐は須佐之男を勘当すると、疲れ果てて、淡路の多賀の社で隠居することにしたのでした。

国を追放された須佐之男が向かったのは、兄である天照の収める高天原でした。

「父がだめでも、兄なら黄泉の国の入り口を知っておるはずだ」

そう思い、須佐之男は高天原へと荒々しく昇ろうとすると、繊細な高天原の大地は鳴動し、地震がおきました。

天照大御神（アマテラスオオミカミ）はすぐにそれを察知して驚きました。

「この気は——須佐之男か？　奴がこの高天原になぜ……まさか……奴め、気づいたのか」

天照は、須佐之男を失脚させるために黄泉の国のことを吹き込み、父との関係を悪化させようとした自分の奸計《かんけい》が知られたのではないかと焦りました。

「仕方あるまい。戦の準備だ」

天照は髪をおろし眼鏡をはずし、化粧をして美少女の姿になると、左右の手に八尺《やさか》の勾《まが》玉《たま》と五百津《いおつ》の御統《みすまる》の珠を巻き、背中と脇腹にあわせて一五〇〇本の矢が入る靫《うつぼ》を着け、弓を握って完全武装しました。

「須佐之男よ、なにをしにこの高天原へ昇ってきたのだ。返答次第では我が弟といえどもただで帰れると思うなよ」

「はぁ？　貴様は何者だ……貴様のような美少女は知らぬ。兄を呼んでくるが良い」

「美少女なのは仕方ない。なぜなら、私はなにをやっても完璧なおまえの兄、天照だからな」

「あ、兄……？　よく見ると確かに面影が……いつの間に女になったのだ？」

「私ほどの神になると女装して武装しているだけなのに弟にすごい美少女と間違われる。ちなみに、神の国ではこれが戦闘準備と古来から決まっているのだ」

「……さすが……兄だとわかっていても胸がときめいてしまう……」

須佐之男はふらふらと兄に近付こうとしましたが、天照はそれを制し、

「おっと、待て、たとえ握手券を持っていたとしてもそこから先は近づくこと罷《まか》りならんぞ。なぜおまえがこの地にいるのだ。答えろ」

そう言って矢をつがえた弓を引き絞り、狙いを定めます。

「待ってくれ兄よ！　我は黄泉の国のことで親父と諍いを起こしてしまったのだ。あなたなら知ってるはずだ、黄泉の国に行く方法を……それさえわかればいい。敵意があるわけではないのだ」

「それは本当か？　だがそれをどうやって証明する」

須佐之男はしばし考えてから兄にこう提案しました。

「誓いを立てて子供を生む、というのはどうか」

「おもしろい。創造物はその心を映し出す。自分の心を偽ることはできんからな」

ふたりは天安河の両側に立ってそれぞれ誓いを立てると、まずは天照が須佐之男の十拳釼を三つに折り、それを噛み砕いてふっと霧のように吹き出しました。すると、そこから美しい三人の女の子が生まれました。

「じゃあ次は我が」

須佐之男は天照がつけていた装飾品を五つ噛み砕いて、ふっとこれまた霧のように吐き出すとそこから五人の男の子が生まれました。

「おまえの剣から生まれた子はおまえの子、私の装飾品から生まれたのは私の子——どちらも素晴らしい出来だ」

「さあ兄よ、この勝負どちらの勝ちなのだ?」

ふむ、と天照は考え込みました。

須佐之男命の狼藉

天照はしばし考えたのち、ひとりでうなずくと、

「引き分けだ。我々くらいの神となると、さすがに心が美しすぎるので子供も美しい。敵意がないことはわかったので、ここにいて良いぞ」

そう言って弟の肩を叩きましたが、須佐之男は憮然とした顔で返します。

「いや、待たれよ……我の武器から生まれた三人の子だが、よく見ていただきたい」

「どうかしたのか」

「その者たちは女に見えて実は男――つまり男の娘《こ》という存在なのだ。兄も気づかなかっただろう？」

「私くらいの鋭い神になるともちろん気づいていましたがなにか？　とは言え、ここはひとまずはおまえを立てて勝ちをゆずってやろう。そのほうが臣下を説得するのに都合が良いからな。ところでこの男の娘は私がもらっていく」

須佐之男は兄の負けず嫌いなところを知っていたので、あえて何も言わずに受け入れましたが、後からなんだか腹が立ってきたので天照の田んぼの畦を壊し溝を埋めて、収穫物を捧げる神殿に糞を撒き散らしました。

あまりの酷い所業に臣下からは苦情が出ましたが、天照は、

「私くらいの神になるとその程度のことは予想できていた。死人が出たわけでもないのだし多目に見て恩を売っていこうではないか」

と、須佐之男の剣から生まれた男の娘の尻を撫でながら、そう言いました。

しかし、ある日、天照が機織場《はたおりば》で機織男たちと神様の服を織っていたところ、突如として天井が破られ、そこから皮を剥がれた血まみれの馬が落ちてきました。

「兄よ見てくれ！　こいつは馬刺しにするとめっぽう美味い馬なのだ！　あれ……？　なにをなさっておられる」

見ると、天照たちは全裸です。

「……まずいところを見てしまった……」

「ふむ。これは少しばかり面白いところを見られてしまったな」

天照は機織を口実に側近たちを侍らせ、さまざまな行為に耽っていたのです。

「弟よ、それよりもっとまずいことが起きている。見るがいい」

天照が指差したほうをみると、男がひとり倒れており、機の梭《ひ》に菊門を貫かれて絶命しておりました。

天岩戸

事件は暗黙のうちに処理されましたが、それ以来、須佐之男は兄の行為を覗き見ようと天照につきまとうようになり、側近たちはもちろん、さすがに兄の天照も辟易しておりました。

「かれこれもう一週間も我慢しているのだがそろそろ限界だ。あいつに見つからない場所で行為を行わねばな……そう——あそこはどうだろう」

高天原のはずれに天岩戸という堅牢な洞窟があるので、天照は男たち数人を連れて、夜中にこっそり抜け出してそのなかにお隠れになり、大きな岩で入り口をふさぎ無礼講をはじめました。


さて、困ったのは外にいる者たちです。

天照が思っているよりも神の力は偉大であり、それが及ばないとなると、とたんに世界は闇に包まれ、天界下界ともにあらゆる災いがどんどん起きます。

「一体なにが起きているのだ！」

「天照様が天岩戸にお隠れになった！」

「天岩戸か厄介だな……なんとかしてすぐに出てきていただけないものか」

神々は天安河に集まって会議を開き、そのなかのひとり思金神（オモヒカネノカミ）という知恵の神にアイデアを出させました。

彼は白衣に眼鏡姿でお茶を飲みながら考え込むと、

「ひらめきました。私の灰色の脳細胞が出した計画は、まず、夜に長く鳴く夜鳴鳥《よなきどり》を集めて岩戸の前で鳴かせるのです。さらに宴の準備のために天宇受売命（アメノウズメノミコト）に舞を」

と、落ち着き払って言いました。

「はて……どういうことだ？」

思金の計画は、天岩戸の中で行われているであろう無礼講を上回るとてつもない祭りを行い、天照の興味を引いて彼が出てきた隙に扉を開けるというものでした。石や宝石、勾玉、鏡、あらゆる飾り付けがなされ、会場の準備が進んでいきます。

さすがに本当にこれでうまくいくのか不安になる者も多かったので、布刀玉命（フトタマノミコト）が鹿の肩の骨を焼いて占ってみましたが、「良し」と出たのでみんな安心しました。

当日、岩戸のわきに天手力男神（アメノタヂカラオノカミ）という怪力の神を待機させ、全身に装飾をほどこし、肉体を磨き上げた天宇受売命が踊りはじめると、祭りがはじまりました。

祭りの歓声は天岩戸の中にも響き渡ります。

「む、なにか外が騒がしいな。まさか外でこの洞窟よりも激しい無礼講が行われているというのか……だとしたら私ほどの神が参加しないわけにはいかぬが。その前に確認だ」

天照は天岩戸の扉をすこしだけ開けて、隙間から天宇受売に話しかけます。

「天宇受売命よ、何が起きているのだ」

「天照様！　あなたがいないあいだに、あなたを超えるとてつもなくすごい神様が現れたためにみな、その魅力に取り憑かれてしまったのです！」

完璧主義の天照はほとんど怒りに近い嫉妬を覚えました。

「おまえは何を言っている？　私を超える神など存在するわけがないだろう……いや、しかし……どれ、ひと目見てやろう。そいつを呼べ」

「はっ……ここに……」

と天宇受売がそっと鏡を差し出すと、それを見た天照は驚きの声をあげました。

「おお……なんということだ！　こんな素晴らしい神は見たことがない！　いや……どこかで見覚えが」

ここぞとばかりに、手力男が岩戸に手をかけてこじあけ、布刀玉が立ち入り禁止のしめ縄を張りました。

「しまった！　謀られたか」

そのときになってやっと天照は自分が騙されていたことに気づきましたが、彼が外に出てきた瞬間、世界が光に包まれ、全ての神が歓声をあげて喜んだので、まんざら悪い気分ではありません。

「天照様、もう二度とこのようなことをなさいませぬようにくれぐれも……」

わかったわかったと面倒臭そうに言いながら、やはり自分を超える神などいなかったのだという事実に自尊心を満たされ、天照は爽やかな笑みを浮かべました。

そのとき、弟の姿が見えないことに気づきました。

「ところで須佐之男はどこへ行った」

そこにいた神のひとりがおずおずと前に出てきて、「須佐之男様は、天照様がお隠れのあいだに旅に出られました」と告げると、

「そうか残念だったな。やはり完璧すぎる兄を持つと、弟はどうしても影に隠れてしまうものだからな。ヤツの気持ちもわからぬではない」

と、自分のしていたことを棚に上げて笑いました。

しかし、実は須佐之男は天照が天岩戸にお隠れになったあと、その存在を疎む側近たちにとらえられて爪をはがれ二度と逆らえぬように拷問されたあと、「貴様は下界へ追放する。二度とこの地を踏むことはならん」と、戒められていたのでした。

三　須佐之男命の章

五穀の起源

血まみれでボロをまとい、うつろな目をして彷徨《さまよ》う痩せこけた男がいました。

「あうあああ……」

それはよく見ると、高天原から追放された須佐之男命（スサノオノミコト）です。もう何日も食事をしておらず、ついに彼は道に倒れましたが、そのとき、ちょうどすぐそばを散歩していた大宜都比売（オオゲツヒメ）という男が足を止めました。

「ひどい姿だ……なんと哀れな乞食よ。家に連れて帰ろう」

大宜都比売は慈悲深く、哀れなものを見るとすぐに家に連れて帰る癖がありました。

須佐之男を不憫に思い、いつものように得意の料理を振る舞い、手厚く看病すると、その甲斐もあって彼はどんどん元の生気を取り戻しはじめました。

「ずいぶんと良くなりましたね」

すっかり元気になった須佐之男は、寝具から体を起こし立ち上がって言います。

「おまえの料理のおかげで元気になってきた。礼をしたいが我は何も持ってない」

「礼なんてそんな」

「だから身体で払う」

「えっ！」

須佐之男は彼を強引に押し倒すと、

「なんだ、初めてなのか？　遠慮はいらぬ。実は我も初めてだ」

「ちょっ……ちょっとまってください！」

抵抗する大宜都比売の唇を唇でふさぎました。そのとたん、須佐之男は怪訝な顔をして動きを止めました。

「なんだこの味は……」

口の中にひろがるえも言われぬ甘露な味――舌を這わせて下の方にすすんでいくとさらに濃密な味が……。

「そうか、今まで我が食っていたのはおまえの一部であったか……」

大宜都比売と須佐之男は三日三晩交わり続けました。やがて体力の限界が来て、須佐之男はそのまま眠り込んでしまいました。

そして朝目覚めたとき、

「ちょっと調子に乗りすぎたか……大宜都比売。起きるがいい。おい……なぜこんな冷た

――」


須佐之男に犯され続け、大宜都比売は息絶えていました。

「なんということか……腹上死しておる」

須佐之男は悲しみつつも、死体を庭に埋めて弔い、地上へ降りることに決めました。

その後、大宜都比売の身体からは五つの穀物、即ち――頭に蚕、目に稲、耳に粟、鼻に小豆、股間に麦、尻に大豆――が生えてきましたので、神産巣日神（カミムスヒノカミ）がこれを種として世界に蒔き広げたと言われています。

八俣《やまた》の大蛇《おろち》

天上界をあとにした須佐之男が降り立ったのは、出雲の国の肥河の上流、鳥髪《とりかみ》という場所でした。

「辺鄙《へんぴ》なところに降りてしまった。人の気配もせぬようだが……おっと、なにか流れてきたようだ」

川上から流れてきたのは小さな箸でした。どうやら上流に人が住んでいるのではないかと思い、須佐之男が川を上っていくと、そこに木造の小さな家を見つけました。

中を覗くと、老夫婦が少年を中心にして泣いております。

「おい、おまえたちなにをしてる」

須佐之男が声をかけると、老人は、

「おお……旅のお方か？　失礼……これはこれは恥ずかしいところを見られてしまいましたな。儂《わし》は、この国の神、大山津見神（オオヤマツミノカミ）の子、足名椎（アシナヅチ）と言います。この妻は手名椎（テナヅチ）、そしてこの息子は櫛名田比売（クシナダヒメ）と言います」

「……櫛名田です」

「お、おおお！」

櫛名田比売を見た須佐之男は、興奮を抑えきれず唸りました。彼は陰を背負った美少年で、須佐之男はひと目で魅了されてしまったのです。

「で、なぜ泣いておったのだ」

老人が咳払いをして姿勢を正します。

「聞いてくださいますか……」

「長い話だったら手短にしろ。我は気が短い」

「わかりました。実は……この川の下流には八俣の大蛇という恐ろしい化物が住んでおりまして。そいつは、毎年やってきて生贄をひとりずつ食っていくのです……儂の息子はもともと八人おりましたがつぎつぎ食われ、この櫛名田比売が最後のひとり。今年ももうすぐ化物がやってくる時期なのです。もはやどうすることもできず……あの――」

「……話が長くて半分くらい寝ておったわ。そんな化物が来るなら逃げれば良いだろう」

「逃げてもどこへ行ったらいいのか……儂らにはそういった合理的な考え方はできんのです……」

「泣き言は聞き飽きた。して、その化物ってのはどんな姿をしておるのだ?」

「はい。その呪われた瞳たるや鬼灯《ほおずき》のように真赤に濡れ、身体ひとつに頭と尾が八つ。胴体からは、苔や檜や杉が生え、長さは谷八つ、峰八つ、その腹は爛《ただ》れ常に血が流れておるのです……」

須佐之男はそれを聞いて、あまりのかっこよさに痺れました。

「呪われた闇の怪物……うぅっ……そいつは我の邪悪なる魂の一部かも知れぬ……ぐぐぐ……」

「そうなのですか!」

「ああ、そんな気がしてきた……そいつは我が屠《ほふ》る」

「本当でございますか……!」

「もちろんだ」

「さすがでございます!」

「そして大蛇を倒し櫛名田比売をいただく」

「もちろんでござ……え⁉」

突然の申し出に、老人は当然ながら戸惑いつつ須佐之男を値踏みするような視線を向けました。

「そ、それは……さすがに出自もわからぬ今会ったばかりのお方にそのようなことは……あなたは何者なのですか」

「我か、我は天照大御神の弟の須佐之男命、癒えることなき孤独な傷を抱えて天界より堕とされし神」

「な、なんと畏れ多い……」

天照の名前を出すと、突然老人の態度が豹変し平伏せんばかりに恐縮しはじめました。

「まさかあなたがあの厄介な――いや、素晴らしい須佐之男とは！」

「わかったら大蛇退治の準備をするぞ。そいつはいつ来るのだ」

足名椎はええっととつぶやいて地面の影から時間を読むと、

「もう来てもおかしくない時間ですな！　頼みますぞ！」

「……思ったより早いな」

「まずいですか！」

「いや問題ない。老人、おまえは先に食われて時間を稼げ。老婆は酒を用意せよ」

手名椎が「はあ」と覇気の感じられぬ返事をして瓶を運びはじめると、足名椎も慌てて、

「私も手伝います！」と動きはじめました。

「聞こえなかったのか、おまえははやく食われて来るが良い。ところで櫛名田比売はどこにいった？」

「櫛になりました」

「櫛になったのか。櫛か……なぜだ？　櫛名田とはまさかそういうことなのか？　仕方あるまい。我がつけておこう。ところで老人よ、まだいたのか」

「私も手伝ったほうが費やす時間に対する労働生産効率が良いことは明白でございますゆえに」

老人がいきなり合理的なことを言いはじめたので、須佐之男は舌打ちをして吐き捨てるように命令します。

「じゃあさっさと動け。垣根を作って大蛇の頭が入るように八つの入り口をつくれ、その出口に八回醸造した強い酒を置いて……」

須佐之男の作戦とは、大蛇に酒を飲ませて酔っ払っているあいだに倒すという、実に卑怯な作戦でした。なんとか準備を間に合わせると……。

「八俣の大蛇が近づいてまいりました！」

「隠れろ」

須佐之男が罠の近くの草むらに隠れると、やがて垣根の向こうにひとりの巨漢が現れました。男の身体は山のように大きく、顔には濃い髭をたくわえ、手には巨大な棍棒、腹は真赤に膨れております。

「おい老人よ……どこが大蛇なのだ。人間ではないか」

「あくまで比喩でございますゆえに……」

コソコソ話していると、八俣の大蛇はそこらに置かれた酒の瓶に気づきます。

「これは……ワシに恐れをなして、もてなそうというつもりか？　あるいは、毒でも盛ったか？　だが、このワシを殺せる毒など存在せんぞ！　見ておれ、今からこの酒を飲み干してやる……この八本のワシの蛇でな！」

そう叫んでなぜか、褌《ふんどし》を緩めて下半身をさらけ出すと、なんと、股の間からは八本の太い蛇が生えていました。

「……なんだあれは」

「あれが八俣の大蛇でございます」

「ううう……」

草むらで吐きそうになっている須佐之男を、老人たちは心配そうに見つめて言いました。

「私の息子たちはあれに犯されて死んでしまったのです……」

「考えうる限り最低の死に方だ」

須佐之男は初めて少しだけ老人に同情しました。

「いやぁワシの大蛇も大喜びじゃ！」

八俣の大蛇が酒瓶に頭を突っ込んでいる姿があまりにも下品であったため、須佐之男は苛立ちはじめ、我慢し切れずに飛び出して行き、

「目障りなその蛇をいますぐしまえ！」

と叫び声をあげて、剣で蛇の雁首をはねて八俣の大蛇を殺しました。

「討ちとったり！」

蛇から流れ出た血はとめどなく流れ、出雲の国の斐伊川《ひいかわ》は血に染まりました。念には念を入れて、生き返らないように蛇を切っていると、なにかがカチンと当たりました。

「む……なにか固いものにあたったぞ」

蛇を切り裂いてみると、そこから美しい剣が出てきました。

「う……なにか剣が出てきたが持っていたくない。ちょうど良い、老人よ、高天原の下郎どもにこいつを贈るがよい！」


その後、剣が届けられた高天原はちょっとした騒ぎになりました。

「なんと。八俣の大蛇の身体から出た草薙《くさなぎ》の剣……美しい。さすが我が弟よ！」

何も知らぬ天照は喜びましたが、側近たちは「宣戦布告に違いない」と震えていたようです。

さて八俣の大蛇がいなくなったおかげで、出雲の国の空気はとても綺麗になり、須佐之男の気分も少しばかり良くなりました。

「須佐之男様、いかがでしょう。あなたさえ良ければこの国を治めてみませぬか。櫛名田の美しさはこれから全国に知られます……きっと次なる大蛇のようなものが来るに違いありません」

「我は黄泉の国に行く旅の途中だ」

「須佐之男様、黄泉の国とは人の心にあるものです、あなたの心にある闇こそが黄泉の国――ここにあなたの黄泉の国を作れば良いではありませんか」

「老人よ、たまには面白いことを言う。……まあ、櫛名田比売も手に入ったばかりだ、しばらく遊んでいくのも良いだろう」

老人の老獪な話術によって説得された須佐之男は、出雲の地で須賀の宮という宮を作ると、そこで歌を詠みました。

八雲《やくも》立つ　出雲八重垣《いづもやへがき》
妻籠《つまご》みに　八重垣作る
その八重垣を

「どうだ。雲と垣根をいっぱい作って妻を守るという誓いの歌だ」

「さすがです。八俣の大蛇を倒したあとだから八で韻を踏んでいるあたりに非凡なる才能を感じまする」

「わかってるではないか！　よし老人よ、おまえは今後、稲田宮主須賀之八耳神（イナダノミヤヌシスガノヤツミノカミ）と名乗って我の神殿を守るが良い」

「はは……」


　こうして須佐之男と櫛名田比売はそれからたくさんの子供を作りました。そして彼らの間に生まれた五代目の子孫こそが大国主神（オオクニヌシノカミ）です。彼には、大穴牟遅神（オオナムヂノカミ）、葦原色許男（アシハラシコオノカミ）、八千矛神（ヤチホコノカミ）、宇都志国玉神（ウツシクニタマノカミ）という五つの名前がありました。

　この大国主神こそが次の主人公となります。

四　大国主神の章

稲羽《いなば》の白兎

あるところに八上比売（ヤガミヒメ）という男がおりました。彼はとても美しく、国中にその名を轟かせておりましたので毎日求婚者が絶えませんでした。

最終的に彼を射止めたのは大国主神（オオクニヌシノカミ）ですが、なぜ八十人の兄弟をさしおいて八上比売を手に入れることができたのでしょうか。

それはこのような事件がきっかけになっています。


大国主がまだ大穴牟遅神（オオナムヂノカミ）と呼ばれていたころのことです。彼と八十人の兄弟たちは稲羽の八上比売を娶《めと》るための旅をしていました。

「おい、大穴牟遅、おまえは末っ子だから荷物運びの役だ」

「かしこまりました兄上」

「我々は先に行ってるからな！　くれぐれも荷物を降ろすなよ。降ろしたら……どうなるかわかってるだろうな」

「はい。私は試練から逃げるような男ではございません」

八十人の兄弟はみな、この末っ子をいじめることに快楽を覚えるかなり歪んだ性癖を持っていたため、大穴牟遅は下男のように扱われ、重い荷物をひとりで背負って歩かされました。

大勢の神様が先に気多《けた》の崎《さき》という海岸につくと、皮を剥がれて真っ赤になった兎が一匹倒れておりました。

「おい見ろ！　なんか気持ち悪い生き物がいるぞ！」

「おお神様……皮がめくれて痛いのですが……どうすればいいでしょうか」

八十人の兄弟の加虐性がうずきます。冷酷な笑いを浮かべて彼らはこう言いました。

「それなら海で塩水を浴びて山の上で風に吹かれればすぐ良くなって踊りだすぞ！　やってみるがいい！」

「そうじゃそうじゃ！」

兎がそのとおりにすると、当然ながら治るどころか、ますますひどくなり、体中に耐え難い激痛が走ります。

「ぎゃあああ！　ううう……」

「ははは！　見るが良い！　あの兎！　踊っておるぞ！」

八十人の兄弟たちは苦痛にのたうち回る兎を見て、腹を抱えて笑いながら去っていきました。

あまりの痛みに兎が泣き伏しておりますと、大穴牟遅が遅れてやってきて、

「兎よ、どうした。なぜ泣いているのだ」

と聞きました。

「ああ……なんだか優しそうな神様ですね……ぼくの話を聞いてください！　ぼくは隠岐《おき》の島《しま》に住んでいたのですが、あるときにこちらの島へ渡りたいと思い、いろいろな方法を考えました。そこで、海の鮫たちを騙して『ぼくとあなたの一族、どちらが多いか数えよう。あなたは仲間を連れてきてこの島から気多の崎まで並んでくださいな』と言いました」

「兎のわりには、なかなか知恵がまわるではないか」

「そうでしょう？　ここまではけっこう自分でもいい感じだと思ってたんです。で、集まった鮫の頭を踏んで、こちら側に渡ることができたのですが、最後の最後で『ばーか！』と言ったばかりに、一番端の鮫に捕まえられてこのように皮を剥がれてしまったのです……それで、さっき神様に、塩水に入って風に当たるといいと言われたのでやってみたのですがめちゃくちゃ痛くて……それで泣いてたんです」

「申し訳ない……それは私の兄だ。少し変わった性格でな」

「変わってるっていうか、神としておかしくないですか？」

「とりあえず、すぐに河口に行って、水で体を洗って近くに生えている蒲《がま》の花粉を採ってきて敷き詰めて、その上で転がりまわってみるといいだろう。そうすれば元通りに治るはずだ」

「やってみます」

言われたとおりにすると、みるみるうちに傷が癒えていきます。

「すっかり良くなりました！　ありがとうございます」

この兎は稲羽の白兎といい、のちに兎神（ウサギカミ）という神様になりました。

「お礼にひとつ予言をしましょう。あの神様たちはきっと八上比売を得られないでしょう。あなたこそが比売にふさわしい」

「いやいや……私など——む？　兎、どこへいった？」

兎は眼の前から消えていました。


翌日、目的地に着き、八十人の兄弟と大穴牟遅は八上比売に会うことになりました。屋敷に行くと、美しい衣を身につけた背の高い美丈夫が現れました。

「俺が八上だが何の用だ？」

噂に違わぬ美貌に八十人の兄弟は舌なめずりをして下品な笑いを浮かべます。

「おまえが八上比売か。今日ここに来た理由はわかってるよな？」

「さあな。説明させてやるから言ってみろ」

やけに高飛車な男ですが、八十人の兄弟は空気を読めないので調子に乗って続けます。

「我々と契る約束がすでにかわされているはずだ。おまえは今日から俺たちのものになる。さあ、この人数を相手に何日持つか今から楽しみだな！」

沈黙が流れました。

「はあ？」

と八上比売は心の底から意味がわからないというように首を傾げ、

「なんでおまえらみたいな馬鹿と付き合わなきゃいけねえんだ？　俺が結婚するのはそいつだ。そこの末っ子」

と大穴牟遅を指さしました。

「はい？　私ですか？」

「ああ、おまえだ。俺の相手はおまえに決めた」

「そ、そんな……畏れ多い！　兄上たちを差し置いて私など……」

「そうだ！　こんなやつのどこがいいんだ！」

「昨日、浜辺でおまえらが兎と遊んでるのを見た部下がいてな」

「なにっ……」

「俺に皮を剥がれるまえに、さっさと国へ帰れ」

「むむむ！　くそう！」

八十人の兄弟は怒って宿に帰ると、大穴牟遅を殺す計画を立てました。

その日のうちに伯伎国《ははきのくに》の手間の山の下に大穴牟遅を呼び出すと、

「やあご苦労。ちょっとおまえに一仕事してもらいたい」

「おまかせください兄上」

「うむ。この山には赤い猪がいる。俺たちが追い下すからおまえが待っていて捕まえろ。失敗したら俺たちがおまえを殺すから死ぬ気でやれよ」

と言いました。

大穴牟遅は緊張した面持ちでうなずくと、

「重大な任務を授けていただきありがとうございます。猪を献上して八上比売と仲直りしようということですね」

「まあ……そうだな」

「さすが兄上です。おまかせください」

「頼んだぞ」

そうして八十人の兄弟は山の上に行くと、猪に似た大きな石を火で真っ赤にあぶって転がして落としました。

「来たな猪……うむ……あ、あれは猪……ではない!?　石!?　ぐあああ！」

こうして石を捕まえようとした大穴牟遅は、全身に大火傷を負って死んでしまいました。

そのとき、どこからともなく母の神が現れました。

「おお、わが、むすこよ、しんでしまうとはなにごとじゃ」

母は泣きながら高天原に昇って、神産巣日神（カミムスヒノカミ）に「生き返らせよ！」と訴えました。そこで神産巣日は螱貝比売（キサガイヒメ）と蛤貝比売（ウムギヒメ）を遣わせました。

螱貝比売が貝を集めて粉にして、蛤貝比売がそれを水でといて母の乳汁のようにして大穴牟遅の身体に塗りますと、若い立派な男の姿になって元気に歩けるようになりました。

それを見た八十人の兄弟はまた大穴牟遅に近づいて、

「いやあ、こないだは悪かった悪かった。死ぬとは思わなかった」

「大丈夫です！　猪かと思ったら焼けた石でしたが、私、見事に受け止めました」

「さすがだな。山に面白いものがあるから、お詫びの印に見に行こうではないか」

「行きましょう」

愚直な大穴牟遅は兄たちと共に山に登りました。

「あれだあれ。見てみろ、あの木、二つに割れておるだろ？」

「確かに割れておりますね」

「あの中に入ると、えも言われぬ心地よさがある。やってみるが良い」

「はい！　おお……これはなかなか……」

「今だ！」

と、兄が木の割れ目に刺した楔を抜くと、木の隙間が狭まり大穴牟遅はそこに挟まれて死にました。

しかし母親がやってきて、

「おお、わが、むすこよ、またしんでしまうとはなにごとじゃ」

とまた復活させました。

「ありがとうございます母上」

「……むすこよ、そろそろ私の力にも限界がきておるぞよ」

「心配しないでください、私は兄の試練に耐えます！」

「そなたは耐えられておらぬ。死んでおるではないか。もうやめなさい……兄たちがおらぬ国へ行くべきじゃ。ほれ、この道を走っていくがよい」

そう言って、紀伊の国の大屋毘古神（オオヤビコノカミ）のところへ続く道を指差しました。

「わかりました。母上がそうおっしゃるなら、行ってまいります」

逃げることを知った兄弟たちは怒り狂って追いかけてきて矢を放ちましたが、大穴牟遅は、からくも木の股を抜けて逃げ切りました。

しかし、紀伊の国に着くなりまたもや試練が待ち受けているのでした。

根の国

紀伊の国の屋敷に着くと、挨拶もそこそこに大屋毘古神が苦い顔で言いました、

「到着してすぐに悪いが、おまえをかくまっていることがバレるとおまえの兄たちに狙われてしまう。だからおまえは根の国に行くがいい」

「根の国？」

「そうだ。須佐之男が支配するあの国なら誰も手出しはできまい」

「わかりました」

「すまぬな……」

「いえ、子供の頃から試練には慣れております」

「お主の無事を祈っておるぞ」


大穴牟遅はそこから数日かけて根の国に到着しました。

「ここが根の国か……」

噂によると根の国というのは、須佐之男が黄泉の国にあこがれて作った国だそうです。

やたらと黒い建築物が多く、陰鬱な霧に包まれそこらじゅうから鉄の棘や鎖が生えてお

り、遠くから雷のような音がする琴をかき鳴らして叫ぶ声が聞こえます。

のどが渇いたので、水辺へ行くと、ひとりの若い男が水浴びをしていました。

濡れた細く真っ白な裸体はさながら洞窟のなかで輝く鍾乳石、黒く長い髪は黒曜石のように輝いております。

美しい……なんだろうこの気持ちは……。

大穴牟遅はひと目で恋に落ちてしまいました。

「こんにちは！」

「うわっ！　誰だ！」

いきなり声をかけられた男は驚いて水の中に尻もちをつきました。

「驚かせてすいません。私は大穴牟遅神……あなたは……」

「オ、オレは……須佐之男命の息子、須勢理毘売（スセリビメ）だ！　どうでもいいがそれ以上近づくな！」

大穴牟遅は憑かれたような顔で須勢理毘売に近づいていきます。

「須勢理毘売……須勢理毘売というのですか……結婚してください！」

「はぁ？　ば、ばか者……何を言っているのだ！　だ……だいたい初めて会ったばかりの人間に……そういうことを言うのは……どうかと思う……」

「こんな気持になるのは私も初めてなのです！　あなたもそうではないのですか？　わか

りますよ！」

「は、はあぁ⁇　そ、そんなわけないだろう……そこらの軽い神と一緒にするな！」

「私のことはお嫌いですか！」

「ば、馬鹿野郎……だからいま会ったばかりで嫌いとか好きとか……」

「では嫌いなのですか……もうだめだ死ぬしかない！」

「うわ！　やめろ馬鹿！」

須勢理毘売が頭から川の深いところに飛び込んだ大穴牟遅をあわてて引き上げると、ふたりは抱き合うように倒れました。頭から水をかぶって冷静になった大穴牟遅は、顔を真っ赤にして言いました。

「す、すいません……どうやら私は頭に血が昇っていたようです……生まれて初めて恋をしたもので……しかし、このような無様な姿を晒してはもはや生きてはおれません……」

「えっ……？　あ、いや……気にするなよ。そう言われると俺もまあ別に悪い気は……」

「許していただけるのですか！　なんと心の広い……やはり我々は運命で結ばれているのです」

「ええっ！　ちょっとまて！」

と、そのままなし崩し的にふたりは結ばれてしまいました。

事後に須勢理毘売は憂鬱な顔をして頭を抱えました。

「ああ……なんでこんなことになったのだ……」

「大丈夫です。これは運命なのです」

「おまえはわかってない。問題は父なのだ……あの人が許すとは思えぬ」

「なんと！　さっそく父上に紹介してくださるのですね」

「あっ……いや……だ、だからオレはそんなそこらにいるようなチョロい神とは！」

「ではすぐに行きましょう！」

「聞けよ！　話を！」

須勢理毘売の家はとても大きな屋敷でしたが、家の周りにはなぜか十字の形に組み合わされた木がたくさん刺さっているのが不気味です。須勢理毘売が先に屋敷に入ると、中で雷のような音が出る琴を奏でている父に声をかけました。

「ただいま。なあ親父、実はちょっと紹介したいやつがいるんだけど」

「知っている……昨日から我の勾玉が絶大なる力を感じて震えていたからな……ぐぐぐ！　我から離れろ！　邪悪な重低音にやられるぞ！」

そう言って須佐之男は電気琴をかき鳴らしながら頭を激しく振りはじめました。

高天原では、あの須佐之男も親になって落ち着くのではないかと噂されていたのですが、落ち着くどころかますますおかしくなっていました。

「ところで紹介したい男なのですが……それがなかなか神ってる男で、こいつです」

「こんにちは！　私は――」

「みなまで言うな！　ぐあぁ……み、見える！　おまえは……そう……葦原色許男（アシハラシコオ）という名であろう！」

「えっ……あ……えっと」

違うとは言いづらい空気でしたので、大穴牟遅は曖昧な笑顔を浮かべて、

「そういう名前だった気がします」

と返しました。それを見た須佐之男は、

「なかなか骨がありそうだな」

と笑いました。

「今日はうちで寝ていくがいい……寝室も用意してある。はじまるぞ……宴が！」

須佐之男の命令で、大穴牟遅は屋敷に用意された部屋で眠ることになりましたが、そこはどう見ても部屋というよりは拷問部屋か牢獄でした。

血のようなもので濡れた床に、ほこりっぽい空気、おまけに毒蛇だらけです。

「もうわかっただろう。親父はおまえを無事に帰すつもりは――って、何してる」

見ると大穴牟遅は床に布を敷いていています。

「寝る準備ですよ」

「まさか本気でこの部屋で寝る気なのか？」

「試練なら慣れています」

八十人の兄の残虐な行為に比べれば、このような仕打ちは蚊に刺されたようなものです。しかしそのことを知らない須勢理毘売は心配でなりません。

「仕方あるまい……これをおまえにやろう」

「なんですかこれは」

「いいからこの布を三回ふってみるが良い……べ、べつにおまえが心配なわけではないからな」

言われた通りに三回振ると、蛇は嘘のようにおとなしくなり、大穴牟遅はぐっすりと朝まで眠ることができました。

翌朝、様子を見に来た須佐之男は、何事もなかったかのように部屋にいる大穴牟遅の姿に感心しました。

「愉快な男ではないか……だが昨日の試練はまだ序の口にすぎぬ……我の闇の力を見せてやろう……」

その日は百足《むかで》と蜂が大量にいる部屋に閉じ込められましたが、前の晩とおなじように布を三回振るととたんにそれらはおとなしくなり、朝までぐっすり眠りました。

そして三日目、須佐之男は大穴牟遅を連れて近くの野原へやってくると、大きな弓を引いて一本の鏑矢《かぶらや》を遠くに放ち、

「あの矢をとってこい」

と命じました。

「お安いご用です」

と、大穴牟遅が野原に入ったのを見届けると、須佐之男はそこに火を放って野原ごと彼を焼き払いました。

「どうだ！　地獄の業火に焼かれる気分は！　最高だろう」

野原の中で炎に囲まれた大穴牟遅は、赤く染まった風景のなかで腕組みをして不敵な笑みを浮かべます。

「以前、焼けた石にひき殺された私だ。この程度の熱さなどたいしたことではない」

熱さには耐性ができていましたが、前回は結局死んでいます。服が燃えはじめたのを見て、ちょっと不安になってきました。

「これはちょっとまずいかも知れないな」

そのときどこからともなく声が聞こえました。

「中はほらほら、入り口はすぶすぶ……大穴牟遅様……こちらでチュウ」

「そのわかりやすい語尾はネズミだな」

「そうでチュウ。私は稲羽の白兎の友達のネズミです。中はほらほら、入り口はすぶすぶ……」

「なんだかわからんがこのあたりにヒントが……」

とネズミがいるあたりの地面を踏むと、地面が崩落し、地下のおおきな穴に入ることができました。

「これで助かりますチュウ。ささ、この矢をもってお戻りください」

手渡された矢を見るとなにかちょっと足りない部分が――。

「ありがとうネズミさん。ところでこの矢……羽がないのだが」

「おいしそうなので食べてしまいました」

「所詮はネズミか」

とりあえず矢は手に入ったので問題なさそうです。

その頃、外では、須勢理毘売が地に膝をついて泣き崩れておりました。

「こんな簡単に死んでしまうなんて……」

「あんがい根性が足りぬ男よ」

「親父がむちゃくちゃなことするからだろうが！」

「あの程度で死ぬなら早く死んだほうが奴のためよ……生きることはもっと過酷なのだ」

そのとき、背後から声がかけられました。

「須佐之男様、矢をとって参りました」

「ほお、生きておったか！」

「大穴牟遅！　馬鹿野郎……いまからおまえの葬式をするところだったんだぞ！」

「心配してくれたのか須勢理毘売。泣いているのか？」

「泣いてねぇよ！　こ、これは……ちょっと目が乾いたので薬をつけてただけだ！」

「我の息子と遊んでいる暇はないぞ！　いまより最後の試練だ！」

須佐之男は家に帰ると、大広間に寝転び、

「いまから我の髪の虱《しらみ》をとれ」

と命じました。これまでと比べると簡単すぎる試練でしたので、大穴牟遅は、

「お安いご用です」

とこれまた安請け合いし、さっそく髪に手を伸ばそうとすると、

「う！」

髪のなかには大量の毒百足がうごめいておりました。

「須佐之男様、まずは髪を洗っても――」

「ならん」

「では、髪を切るのは」

「ならん」

どうしたものかと考えていると、またもや須勢理毘売がこっこっそりやってきて、大穴牟遅に椋の木の実と赤土を手渡しました。

「これは？」

「この木の実を噛んで赤土と混ぜて吐き出せ、そうすれば親父はおまえがムカデをかみ殺してるのと勘違いするはずだ」

「なるほど。ありがとう」

「……べ、べつにおまえのことを心配しているわけじゃないんだからな！」

「さっきからうるさいな。独り言か？」

「お気になさらずに、しばらくこちらを見ないでくださいね」

大穴牟遅が言われたとおりに、木の実を噛んで吐き出すと、須佐之男は案の定、（こいつムカデを食っておるわ……思ったよりも見所がある）と安心して寝てしまいました。

「なんとか試練を突破できたのだろうか」

「さあ、このすきに逃げよう。ここにいてはおまえが親父に殺されてしまう」

「その口ぶりだと、あなたも一緒に来てくれるのですね」

「えっ……あっ……べ、べつに行きたいわけでもないが、おまえひとりではどうせすぐ死ぬだろうから行ってやらんこともない！」

大穴牟遅は須佐之男の髪をいくつかにわけて広間の柱にくくりつけて、五百人くらいでやっと持ち上がるような大石で広間の扉をふさぐと、太刀《たち》と弓と霊力のある琴を手にし、須勢理毘売を背負って逃げようとしました。が、その途中、琴がたまたま轟音を鳴らしたせいで須佐之男が目を覚ましました。

「おっと……寝てしまったようだ。ん？　我の琴がない！　あの男め……」

しかしその頃にはすでに大穴牟遅たちは黄泉比良坂まで逃げていました。

「ふん。なかなかやるではないか。ならば――」

須佐之男は彼らに向かって叫びました。

「その太刀と弓と琴はおまえにやろう！　言っておくがそいつには呪いがかかっておる。おまえの中に大国主神、宇都志国玉神（ウツシクニタマノカミ）、八千矛神（ヤチホコノカミ）という新しい人格が備わる！　逃げてばかりの人生は終わりだ……兄たちと戦い、生き延びろ！　血を捧げよ！　そして出雲国におまえの国を完成させるが良い！」

こうして大穴牟遅は呪われた武器を使い、八十人の兄弟を坂の先までおいつめて河岸まで追い払うと、新たなる国を作りました。

しかし、ある朝のことです。大穴牟遅と須勢理毘売が目覚めると、見たことのない男がひとり寝床に潜り込んでいました。

「なななんだ！　お、おまえはだれだ！」

須勢理毘売は飛び上がらんばかりに驚いて叫びましたが、半裸の男は冷静です。

「俺か。俺は八上比売、大穴牟遅神の夫だ」

「な、なななんだと！　おい大穴牟遅、オレがいながらなんなんだこいつは！」

「紹介しよう。八上比売だ」

「私より先に契りを交わしていたのか⁉」

須勢理毘売は大穴牟遅の服の襟首をつかんで、首を絞めんばかりに問い詰めましたが彼は平然とした顔で、

「そういえばそうだった。確かにそういう約束をしたが、すぐに逃げてきたのですっかり忘れていた」

そう言って笑いました。

「さすが大穴牟遅だな。そういう素直なところ、嫌いじゃないぜ」

八上比売と大穴牟遅は笑顔で再会を喜びましたが、須勢理毘売だけはものすごい剣幕で声を荒げます。

「いやいや！　待てよ！　オレはどうなるんだ！　オレが本命だろう！」

「そうなのか、大穴牟遅」

「確かに、須佐之男とそう約束した」

「そうか、わかった。じゃあおとなしく国へ帰るとするか」

「すまん」

「いいさ。だが、おまえさえ良ければいつでも帰ってこいよ、待ってるぜ。おっと、そうだ、昨日の夜のあれで子供が生まれたんだ、こいつを残していこう」

八上比売はそう言って自分の子供を木の股に置いていきました。その子はやがて木俣神（キノマタノカミ）、別名御井神（ミキノカミ）と呼ばれるようになりますが、今はそれどころではありません。

「わかった、責任を持って育てよう」

それを聞いて、八上比売は安心したらしく「じゃあな！」と風のように去って行きました。

「ちょっと待てよ！　昨日のあれってなんだ！　おい！　子供残して勝手に帰るなよ！どうすんだよこれ！」

須勢理毘売の苦労ははじまったばかりです。

八千矛神と沼河比売の歌

大穴牟遅の中に生まれた新たなる人格、八千矛神は残忍な上に好色で、須佐之男に負けず劣らず困ったことをしでかす神でしたが、ある日、

「高志国《こしのくに》というところに沼河比売（ヌナカワヒメ）といういい男がいるらしいって噂を聞いたんで、そいつを手に入れにいくぜ！」

と須勢理毘売に宣言しました。

「またおまえか！　大穴牟遅に替われ！」

「嫌だね。俺はあいつとは好みがちがう。しばらくしたら大穴牟遅を返してやるから、あんたは家でおとなしく待ってな」

そう言ってさっさと出て行きました。

八千矛が沼河比売のところに着くと、須佐之男から奪った電気琴をかき鳴らして歌を歌いはじめます。

「俺の歌を聴け！」

八千矛の　神の命《みこと》は
八島国《やしまくに》　妻枕《つまま》きかねて
遠遠《とほとほ》し　高志《こし》の国に
賢《さか》し男《お》を　有りと聞かして
麗《くは》し男《お》を　有りと聞こして
さ婚《よば》ひに　あり立たし
婚ひに　あり通《かよ》はせ
大刀《たち》が緒も　いまだ解かずて

襲《おすひ》をも　いまだ解かねば
嬢子《おとめ》の寝《な》すや板戸を
押そぶらひ　我が立たせれば
引こづらひ　我が立たせれば
青山に　鵼《ぬえ》は鳴きぬ
さ野つ鳥　雉《きざし》はとよむ
庭つ鳥　鶏《かけ》は鳴く
心痛《うれた》くも　鳴くなる鳥か
この鳥も　打ち止《や》めこせね
いしたふや　天馳使《あまはせづかひ》
事の　語言《かたりごと》も　是《こ》をば

（八千矛という名の神が
妻を探して日本を旅しているらしいぜ
遠い高志の国にいい男がいると聞いて
結婚したいと思ってるらしいぜ
実は俺のことなんだ

おまえの家の前で俺
太刀も上着も脱げやしねえ
眠ってるおまえの顔が見たくて
でも部屋に入れやしねえから
外で見守ってるぜ
やがて山と野に鳥の声が響いた
頭のなかに電波を送るのはやめろよ
止めるために鳥を殺すぜ
気づけば朝になっていた
狂気のなかにいる俺）

部屋にいた沼河比売は、

「この歌はなんだろう。この音楽を聞いていると、なんだか不気味なのに胸がどきどきしてくる。これが噂に聞く恋……!?」

勘違いしてしまった沼河比売は扉の向こうに歌を返しました。

八千矛の　神の命

ぬえ草の　男《お》にしあれば
我が心　浦渚《うらす》の鳥ぞ
今こそは　我鳥《わどり》にあらめ
後は　湧鳥《などり》にあらむを
命《いのち》は　な殺《し》せたまひそ
いしたふや　天馳使
事の　語事も　是をば
青山に　日が隠らば
ぬばたまの　夜は出でなむ
朝日の　笑み栄え来て
栲綱《たくづの》の　白き腕《ただむき》
沫雪《あわゆき》の　若やる胸を
そ手抱き　手抱き愛《まな》がり
真玉手《またまで》　玉手さし枕《ま》き
百長《ももなが》に　寝《い》は寝《な》さむを
あやに　な恋ひ聞こし
八千矛の　神の命

事の語事も　是をば

（八千矛さんとやら
ぼくはずるい男なんです
まだ気持ちがゆれています
今は鳥飛べない鳥のように
あいたくてふるえてます
だからまってて
明け方にはあなたをまねいて
笑顔で迎えるよ
でもねぼくの取り扱い説明書を読んでおいて
いつでも腕枕してね
ぼくの白い腕と小さな胸もかわいいいっていってね）

その夜、歌でお互いの心を確かめ合ったふたりは、翌日改めて出会い、恋の炎を燃え上がらせたそうです。

大国主神と須勢理毘売の歌

そんなこんなで人格が増えたぶん愛人もますます増えていく大穴牟遅でしたが、迷惑を被っているのは須勢理毘売です。

大穴牟遅が家に帰ってきたと思って声をかけると、

「悪いな、今は八千矛だ」

と言われる始末。

「おまえはいいから大穴牟遅に替われ！」

「やあ！　ぼく大国主」

「おまえもいいから！」

「宇都志国玉神だ……たまには出番をくれ……」

「ああぁ！　いつになったら大穴牟遅が戻ってくるんだよ！」

大穴牟遅は大国主や八千矛でいる時間が増えて、そのたびに他の国に男を漁りにいくので嫉妬深い須勢理毘売との喧嘩が絶えません。

あるとき、これにうんざりした大国主が出雲を離れて倭国に行こうと、馬に乗りながら歌を口ずさみました。

ぬばたまの　黒き御衣《みけし》を
まつぶさに　取り装ひ
沖つ鳥　胸《むな》見る時
はたたぎも　これは適《ふさ》はず
辺《へ》つ波　そに脱き棄《う》て
鴗《そに》鳥の青き御衣を
まつぶさに取り装ひ
沖つ鳥　胸見る時
はたたぎも　此も適はず
辺つ波　そに脱き棄て
山がたに　蒔《ま》きし　あたね舂《つ》き
染《そめ》木《き》が汁に　染衣《しめころも》を
まつぶさに取り装ひ
沖つ鳥　胸見る時
はたたぎも　此し宜し
いとこやの　弟の命

群鳥《むらとり》の　我が群れ往なば
引け鳥の　我が引け往なば
泣かじとは　汚は言ふとも
山処《やまと》の　一本薄《ひともとすすき》
項傾し　汚が泣かさまく
朝雨の　霧に立たむぞ
若草の　妻の命
事の　語言も　是をば

（真っ黒な服はカラスみたいだからやめた
青い着物も気に入らない
赤い着物を着て旅に出よう
愛しい人よ　君は涙を見せないけれど
本当はススキのようにうなだれてるのかな
霧雨の朝のなかで泣いているのかな）

大国主が歌うと、家の中から須勢理毘売の歌声が聞こえてきました。

八千矛の　神の命や　吾《あ》が大国主
汝こそは　男に坐《いま》せば
打ち廻《み》る　島の埼埼
かき廻る　磯の埼落ちず
若草の　妻持たせらめ
吾はもよ　男にしあれば
汝を除《き》て　男は無し
汝を除て　夫は無し
綾垣《あやかき》の　ふはやが下に
苧衾《むしぶすま》　柔《にこ》やが下に
栲衾《たくぶすま》　さやぐが下に
沫雪の　若やる胸を
栲綱の　白き腕
そ手抱き　手抱き愛がり
真玉手　玉手さし枕き
百長に　寝をし寝せ

豊御酒《とよみき》　奉《たてまつ》らせ

（八千矛や大国主　たくさんの顔があるあなた
男はみんなあなたの魅力にやられてしまう
でもオレはおまえしか見えない
本当はどこにも行って欲しくない
だけどおまえを止められない
だから今だけは　抱いてくれないか
旅が終わったら帰ってきてくれ
互いに腕枕をして　永遠を誓おう
この杯を交わして……）

大国主は須勢理毘売のこの歌に心をうたれ、馬を下りて酒を酌み交わし、これ以来、出雲からあまり出ることはなくなりました。

……が、それも一時のことです。このあとも大国主たちは他の国の神と契りを交わして子供を作りますが、なぜか須勢理毘売とのあいだには子供を作りませんでした。

ちなみに、これらの一連の騒動で歌われた四つの歌を「神語」と呼びます。

少名毘古那神

「はぁ……」

ある日、大国主たちは出雲の御大《みほ》の御前《みさき》で海を見ながらため息をつきました。

大穴牟遅「ああ、須佐之男に命じられた国作りに人生を捧げているというのに、なかなか周りは理解してくれない……」

八千矛「そうだそうだ。各地で愛人を作っているのも悪いことばかりではない。その土地を支配するのに都合が良いのに」

大国主「他の人格はともかく、ぼくはまともなのに、なんでみんな理解しないのだろう。どうすればうまくいくんだ」

宇都志国玉「たまには出番を……」

大穴牟遅「孤独だなあ……大国主、任せた……」

そのとき、海の上に浮かんだ何かが近づいてくるのが見えました。それは、木の実の皮の船に乗り、蛾の皮を剥いで作った衣服をまとった小さな神様でした。

「こんにちは！」

大国主が声をかけますが、反応がありません。

「やあ！　ぼくが大国主だよ。あまりお見かけしたことがない神様ですが、あなたのお名前はなんとおっしゃるのですか」

「……」

困った大国主はちょうどそこにいたヒキガエルに、「この神の名前を知ってるか？」

そう尋ねましたところ、

「そこにいる久延毘古（クエビコ）なら知ってるはずです」

と言われました。

「ヘイ、久延毘古、この神の名は？」

久延毘古はカカシの姿をしており、動けませんが世の中のことを良く知っておりますので、

「検索中……この方は神産巣日神の子で少名毘古那神（スクナビコナノカミ）です」

とすぐに答えてくれました。

「あなたは少名毘古那というのか。一体なにゆえここにやってこられたのか？」

「……」

少名毘古那が天を指さすと、ぱあっと明るくなってそこから声が聞こえました。

――大国主神よ……神産巣日神です……聞こえますか……あなたの心に語りかけています。少名毘古那神は私の指の間から生まれた子供です。あなたはこの子と兄弟になってふたりで国作りをすすめなさい……わかりましたか……国作りをすすめるのです……。

国作りについて悩んでいた彼にとってこれは渡りに船でした。

「丁度良かった。少名毘古那よ、ぼくはこれからどうすればいいのだろう」

「……とりあえず」

「とりあえず？」

「……愛人はもう十分」

「そうなのか。あと一〇〇人くらいは必要かと思っていた」

「……農業を広め、民の平穏を守り、暮らしやすい土地を作る」

「なるほど。で、どうやって？」

「……おまえ、なにも知らんな」

「そうなんだ。ぼくはなにも知らないんだ」

「……自慢するな」

少名毘古那は治水や灌漑《かんがい》、土木事業や医療にまつわることなど、あらゆる知識を持っていました。

「この知識を使えば国はもっと発展するぞ」

「……発展させろ」

大国主は彼から教わった技術でさまざまなものを作り、国を整えていきました。

これまでにない速度で国はどんどん栄え、そこに住む者たちも増えていきます。そんなある日のこと、

「……そろそろ行く」

「行くってどこに。兄弟だろ。ずっとここにいろよ」

「……知識を得るために旅に出る」

そう言って少名毘古那はあっさりと常世の国に行ってしまいました
「困ったな。大穴牟遅は昔から逃げるのが得意なだけだし、他の人格もひとりで何かをするのは苦手だし。誰かいないものか」

「呼んだか」

「誰だ？」

振り返ってみると、そこにはきれいな長い黒髪をなびかせた神が立っております。

「私は大物主神（オオモノヌシノカミ）、三輪山《みわやま》の上に私の神殿を作ってくれるなら手伝ってやろう」

「おお……なんと魅力的な方だ。お安いご用です。すぐにでも迎えます」

こうして大国主は御諸山《みもろやま》の上に大物主を祀り、国作りは大幅に進んだのでした。

五　天照大御神と大国主神の章

天穂日命と天若日子

大国主神（オオクニヌシノカミ）の働きによって、地上の国はかなり住みやすく整備されていきましたが、考えてみると、もともとこの世界の管理は、高天原の天照大御神（アマテラスオオミカミ）が伊邪那岐命（イザナギノミコト）より任されたものです。

天照はあるときその事を思い出しました。

「ふむう。私くらい優れた神になると天界だけではなく、そろそろ地上も統治する余裕が出てきてしまった。どれ、地上がどうなっているかまずは誰か様子を見て来い」

と、素子穂耳（オシホミミ）に命じました。彼は、天の浮橋から地上を見て、

「天照様、地上はずいぶんと騒がしいようです」

と報告しました。

そこで天照は最高神である高御産巣日神（タカミムスヒノカミ）に頼んで、号令をかけてもらいました。

「八百一万の神々よ、天照の名の下に集まれ～！」

高御産巣日神は会議の席でこう言いました。

「今、地上には乱暴な国津神《くにつかみ》どもが蔓延《はびこ》っておる。地上は私の子が治める国。まずは使者を送って交渉を試みたい。これには誰が適任か」

思金はいつもの灰色の脳細胞を駆使し、神速の計算により、適任者を選びます。

「ひらめきました。思金神（オモヒカネノカミ）よ、これには天之菩卑能命（アメノホヒノミコト）が良いでしょう」

この天之菩卑能は以前、天照と須佐之男命（スサノオノミコト）がお互いの持ち物から生み出した子供のひとりです。

任命された天之菩卑能は自信満々に、

「お任せください。天に逆らう地上の神がおらぬか私が偵察してまいります」

そう言うと、意気揚々と地上に降りていきました。

しかし、三年が経ってもまったく音沙汰がありませんでした。実はそのとき、地上ではこんなことが起きていました。


その日、大国主の屋敷の一室では宴会が開かれておりました。

「いやはや誠に出雲は楽園でございますな！　酒はうまいし男は美しい！　しかも毎日このような宴会ときている」

酒に酔って真っ赤になった顔でがははと笑う天之菩卑能に、大国主は「もう一杯いかがでしょうか」と酒をつぎながら言います。

「天から来られた方をもてなすのは我々の役目です。存分にお楽しみください」

「がはは！　……あれ？　私はなにか大切な仕事があったような気がするのだが……」

「ささ！　もっと酒を！」

「お、おう！　まあいいか。ははは！」

このように大国主に懐柔され、骨抜きにされてしまったのです。

高天原の天照はしびれを切らせて、

「遅い。遅すぎる。天之菩卑能はいつになったら帰ってくるのだ。あいつはもういい。他の神を送るぞ。誰か他に適任者は」

とお茶を飲んでいる思金に尋ねました。

「はは。天津国玉神（アマツクニタマノカミ）の息子、天若日子（アメノワカヒコ）がよいでしょう」

「おまえ、今考えたか？」

「思考速度が光を超えているので考えているようには見えなかったかも知れませんが、私にしては長考いたしました」

「よし、そいつを送り込め。今回は念のために、私の素晴らしい力を注入した弓と矢を持たせてやるが良い」

いつも高天原から外に出たいと思っていた天若日子は大喜びです。

「ありがとうございます。この天若日子が天の名の下に解決してまいります！」

こうして天若日子が地上に送り出されましたが、彼は八年帰ってきませんでした。

なにが起きていたかというと……。


地上に降りた武闘派の天若日子は、さっさと大国主を討ち取って地上で楽しもうと、いきなり彼の家に押しかけました。

「たのもう！　大国主はいるか！　出てこないと天の名の下に殺す！　出てきても殺すがな！」

「あ、すいません……えっとどちら様ですか？」

扉をあけて出てきたのはまだ年端もいかない少年でしたが、天若日子はその美しさに完全に魅了されて恋に落ちました。

「運命だ！　結婚してくれ！」

「おいおい、どうしたのだ」

「お父様、この人が……」

結婚を申し込まれた少年は、戸惑いながら大国主の背後に隠れました。

「ぼくの息子、下照比売（シタデルヒメ）になんの用かな」

「おまえが大国主か。俺は、高天原からきた貴公子天若日子！　下照比売といますぐ結婚させてくれ！」

　天若日子は完全に目的を忘れていました。

「この子がいいのならかまわないけどなあ」

「いいよな！　いいって言ってる！　すぐに結婚式だ！」

　天若日子の頭に本来の目的がちょっとだけよぎりましたが、彼はこう考えました——まてよ、そうだ。この下照比売と秒速で結婚してこの国を秒速で乗っ取ってやろうじゃないか！　そうすれば高天原も文句は言うまい。しばらく楽しむぜ！

　こうして気づくと八年経っていたのでした。


　ここに至って、さすがに高天原もおかしいと思いはじめます。

「天照様、これはなにかあったのでは」

　という進言に従って天照は別の使者を立てました。

「うむ。ここは動物を行かせよう。雉《きざし》の鳴女《なきめ》よ、天若日子に会って私の言葉を伝えろ」

　雉の鳴女は地上にやってくると、天若日子の家の門の前にある神聖なる桂の木にとまって、

「天若日子ヨ！　何ヲシテイル！　役目ヲ思イ出セ！　オマエ役目ヲ！」

　と言いましたが、たまたま遊びに来ていた天佐具売（アメノサグメ）という女が、「天若日子様、あそこに気味の悪い声で鳴いている鳥がいます。殺してしまいましょう」と余計なことを言ってしまいました。

「おお、ちょうど腕がなまっていたところだ。練習がてらこの天の弓と矢を使って殺す！　ふん！」

　と、矢を放つとそれは雉の身体を貫通して、そのまま天安河にいた天照と高御産巣日まで届きました。

　飛んできた矢を掴むと、天照は、不敵に笑います。

「これは宣戦布告か？　私に逆らうとは愚かな奴よ。今一度、生き延びる機会を与えよう。もしこの矢が悪を倒すために放たれたなら見逃してやるが、奴自身が悪に染まっていたら死ぬことになる」

　そう言って、地上に矢を投げ返しました。

　地上にいた天若日子は、

「ふふふ、やっぱり俺の腕はまだ落ちてないな。今日の夜は雉鍋だ。さて、秒速で昼寝でも――」

　と、新嘗祭《にいなめさい》の儀式の床に横になった瞬間、

「ぐ……な、なんだこれは……ごふっ……」

天から降ってきた矢が胸に突き刺さり、死んでしまいました。

このお話によって「還り矢は当たる」「雉の使いは行きっぱなし」という二つのことわざが生まれたと言われております。

天若日子の死を嘆き悲しんだ下照比売は、

「天若日子様……死ぬときもあなたらしかったです」

と大きな声で泣きました。その声は天まで届き、天若日子の妻と父の天津国玉神が降りてきました。

「あなたは？」

「天若日子の父です。このたびは息子が……」

「いえいえ。ところでそちらの男性は？」

「天若日子の妻です……。もしかして、天若日子は私のことをなにも……？」

「ひとことも聞いてませんが、まあしょうがないですね」

天の神々に愛人が無数にいることは噂で聞いていたので下照比売はあまり驚きませんでした。

彼らは天若日子を弔うために小屋を建てて、八日八夜にわたる葬儀を行いました。

ある弔問客のひとりが小屋に入ってきた途端、親族が驚きの声をあげました。

「おお！　天若日子！　生きていたのか！」

「あなた！　生きていたのね！」

「天若日子抱いてくれ！」

いきなり抱きつかれた男は激怒して叫びました。

「やめろ俺はおまえらなどしらん。俺は阿遅志貴高日子根神（アヂシキタカヒコネノカミ）であって天若日子ではない」

「あっ……よく見たら確かにちょっと違う」

「天若日子……なぜ死んだ。認めない……俺はおまえが死んだことを認めん。こんな葬儀など茶番だ！」

天若日子が死んだことを受け入れられない阿遅志貴高日子根は小屋を足で蹴倒して出て行った。

そのあとでやってきた妹の高比売命（タカヒメノミコト）が、お詫びの意味も込めて兄の歌を歌いました。

天《あめ》なるや　弟棚機《おとたなばた》の
項《うな》がせる　玉の御統《みすまる》

御統に　穴玉はや
み谷　二渡《ふたわた》らす
阿遅志貴高　日子根の神ぞ

（天にいる姫の飾りの赤い玉、二つの谷まで届くその輝きと同じくらい美しい兄と、天若日子の友情は、やがて一線を越えて尊い関係になりました……私は壁になってずっと見ていたかったです……）

国譲りの完成

その日、高天原の会議室は緊迫した空気に包まれておりました。

ふたりの神と雉を送り込んだにもかかわらず交渉は進まず、おまけに天若日子まで失ってしまったのです。

「私ほどの神がこんな簡単な事実に気づかなかったというのは実に不思議なことだ……そうか。そういうことだったのか」

会議机の中心に座った天照の眼鏡の奥で切れ長の目がギラリと光り、その冷たい視線は落ち着き払ってお茶を飲んでいる思金に向けられています。

「思金。おまえ、馬鹿だろう」

会議室が静まりかえりました。わかっていたけど言わなかったのに……という空気ですが、思金と天照だけはまったくそれに気づいていません。

「天照様は私の灰色の脳細胞に疑いを持たれているようですが、思い出していただきたい。かつて天岩戸事件のときの私の頭脳のキレを」

他の神々は、今考えるとあの計画もかなりずさんだったな……と思いましたが口にはしません。

「ふむ……」

そう言って、天照はなにかに気づいたようにぽんと手を打ちました。

「なるほど、わかったぞ。そういうことか。私に遠慮しているのだろう？」

会議室の神々はなにを言っているのかわからず、顔を見合わせて首をかしげます。

「まあ私ほどの神が知恵を出せば一度で成功してしまうのは確かだが。一応部下であるおまえにも功績をあげてもらわなくてはならんからな。そういうことか。で、次は誰に行かせるのだ」

「さすが天照。私の灰色の脳細胞に匹敵する読みです」

斜め上の会話に誰もついていけず、静まりかえる会議室です。

「じつはすでに人選を終えています。伊都之尾羽張神（イツノオハバリノカミ）とその子、建御雷之男神（タケミカヅチノオノカミ）で決まりです」

「ふむ。しかし伊都之尾羽張神は天安河の水をせき止める仕事をしているはず。天迦久神（アメノカクノカミ）よ。今すぐ話を聞いて来るが良い」

天迦久は命令通り、すぐに話を聞いて戻ってきました。

「どうだった」

「だめでした……。伊都之尾羽張は頑固で、この仕事をやりとげたいので息子ひとりで行かせてくれとのことです」

「思金、おまえやはり馬……」

「ここまでは私の読み通りです」

あ、これ絶対嘘だな、と会議室の神々は思いましたが口にはしません。

「そうか。さすがだな。次の一手は？」

このままいったら絶対に二の轍を踏むことになるな……、とみんなが目で合図しましたが、

「天鳥船神（アメノトリフネノカミ）も一緒に送り込みます。ふたりで見張りあっていれば問題は起きないはずです」

と思金が言ったのでみんなほっとしました。

「あ、あの……場所も決めておいたほうがいいですよ！　すぐに交渉にはいれますし

誰かがそう付け加えると、他の神々もうんうんとうなずいて、

「それはいい！　そうしましょう！」

「うむ！　決まりましたな！」

と慌ただしくいろいろなことが決まりました。


こうして建御雷之男と天鳥船のふたりは、大国主の待つ出雲の伊那佐《いなさ》の浜に降り立ちました。

「おまえが大国主か」

「やあ。ぼくが大国主だよ」

建御雷之男は十掬剣《とつかのつるぎ》を海に突き立てると、その先端にあぐらをかいて座りました。

「これまでご苦労だった。おまえは立派に国作りの役目を果たした。どうだ、ここらでそろそろ天照に統治を任せては」

「ちょっと待ってもらっていいですか」

「うむ」

大国主は目を閉じると、脳内で会議を開きます。

「……！」

大国主「っていう話なんだけど、どう？」
大穴牟遅「これはどう考えても侵略だろう」
八千矛「そうだな。とりあえずこいつは殺そう」
宇都志国玉「やっと出番がきた……」
大国主「いや、でもこれはぼくらだけでは決められないよ」
大穴牟遅「そうだな。とりあえず息子に投げるのはどうだ？」
八千矛「まあそろそろ俺たちも引退したいしな。あいつらに任せるのも悪くない」
大国主「じゃあそういうことで」

「おい。もういいか？　こう見えてこの体勢はけっこう辛いのだ」

建御雷之男は膝をぷるぷると震わせて言いました。

「あ、はいはい。ぼくにはお答えできません。御大の崎にいる私の子、八重言代主神（ヤエコトシロヌシノカミ）に聞いてみてください」

「時間稼ぎなら無駄だぞ」

「その通り。わたくし天鳥船神の力をもってすれば……はっ！」

天鳥船が裂帛《れっぱく》の気合いを込めると、次の瞬間そこに八重言代主がいました。

大国主が事情を説明すると、

「えっと……ぼくは別にそれでいいです！　おまかせします！」

そう言って逃げてしまいました。

「ではそういうことで」

「ちょっとまった！」

帰ろうとする建御雷之男を引き留めて、

「もうひとり聞かなくては。建御名方神（タケミナカタノカミ）という子がいたのを忘れていた。これが最後だから聞いてくれ」

「よしわかった……はっ！」

天鳥船が裂帛の気合いを込めると、建御名方が現れました。

「お、お、おおお！　な、なんでボクはここにいるんだな⁉」

なぜか手に巨大なおにぎりのような岩を持っています。

「これがうちの息子、建御名方神だ。千人力で知られてる」

「ほほお。これが、頭の中が筋肉で出来ているという噂の……」

「そういう噂はない」

「なんかわからないけど馬鹿にされている気がするんだなあ！　ボクと力比べするんだな！」

そう言って建御名方は突然、建御雷之男の手を掴みました。

「たおしてやるんだなー！」

　こいつの手……ごはんつぶでべとべとして気持ち悪いな、と不快感を覚えた建御雷之男は手を氷の刃に変えました。

「あぶないんだなー！」

　と、建御名方が恐れて手を離したすきに、

「今度はこちらの番だ」

　と、建御雷之男は建御名方の手を掴むと、力を吸い取ります。

「これはいかんのだなー！」

「逃げても無駄だ」

　建御雷之男は逃げる建御名方を追いかけて科野国《しなののくに》の州羽《すわ》の海まで追い詰めました。崖を背にして、観念した建御名方は、

「降参なんだなー！　ボクはもうここから動かんから命だけは助けてほしいんだなー！」

　と命乞いしました。

　それを見た建御雷之男は、

「さて大国主。息子の意見は聞き終えたぞ」

　そう言ってまた剣の上にあぐらをかきました。

「私の子たちがそう言ったなら仕方ない。この地上の支配権はおまえたちに明け渡そう。

ただ一つ、条件がある」

「なんだ」

「須佐之男との約束がある。この出雲に高天原に届くほどの高い神殿を建てるのを認めてほしい。そうすれば私はここで隠遁《いんとん》しよう。私の子である事代主（コトシロヌシ）も百八十の神も天に仕えさせよう」

「わかった。伝えよう」

このようにして、建御雷之男と天鳥船が天に戻ってそれを報告し、出雲には大きな神殿が建てられました。

六　邇邇芸命の章

天孫降臨

出雲での話し合いがおわり、高天原にある屋敷の一室では思金神（オモヒカネノカミ）と天照大御神（アマテラスオオミカミ）が分厚い檜の机を挟んで椅子に座り、議論を交わしておりました。

「だから地上を治めるのに適任なのは私だと言っている」

「いやいや……天岩戸事件を思い出してください。天照様が地上に降りられれば、この高天原が闇に包まれてしまいます。それに、天照様はこの高天原でのお仕事があります」

ふたりの議論は、いつまでたっても平行線のまま埒が明きません。

天照は冷静な顔のまま、両手を組んで正直に言いました。

「おまえならわかるはずだ。私が何年ここにいると思っている？　ここにはもう飽きたのだ。私ほどの神がこのような場所で同じ仕事をしているのは世界にとって大いなる損失ではないか」

「わかりますが、天照様を地上に行かせるわけにはいきません」

「どうしてもか」

「どうしてもです。これはあなたのためなのです」

「私の？」

眉がぴくりと動いたのを見て思金は「よしよし」と、ほくそ笑みます。

天照は自分のことが大好きなので、自分にまつわる話題であれば食いつきが良いのでした。

「そうです。あなたほどのお方なら本当は理解されておられると思いますが、高天原の神々は我々ほど賢くはありません。天照様の存在あればこそ、みなが和を乱さずに規律を守っているのです。それがもしなくなれば、高天原なれども麻のようにたやすく乱れてしまうでしょう」

さりげなく自分の切れ者アピールをしつつ、饒舌に語る思金です。

「そうなれば、皆、天照様の尊さを忘れ、いずれはあなたの命を狙って……」

言い終わる前に天照が大げさに立ち上がりました。

「なるほど！　それは私のことを四六時中考えていなければ出てこぬ発想だな」

「ええ、そうです。私はいつも天照様のことを考えております」

「思金。おまえがそこまで私を愛しているとは……これまで気づかなかった。いや……気づいていたが、私はそれを認めたくなかったのかもしれん」

天照は机の上に身を乗り出して思金の手を握ります。

「すいません……話がなにか違う方向に行っておりませんか」

「もっと近くへ寄れ」

天照は机を乗り越えて思金のほうに身を寄せると、彼の腰を抱いてそのまま机に押し倒します。

「あの……」

突然のことに慌てて逃げようとする思金でしたが、部屋で勉強ばかりしてきた優等生の彼には悲しいかな、それを押し返す筋力はありません。

「私に敵うと思うか。おまえの気持ちは隠してもお見通しだ」

そう言われると、もうどうしようもありません。思金はたしかに自分よりも優れた天照に複雑な思いを抱いていましたが、言われてみればそれが恋愛感情なのかもしれないという気がしてきます。

「そ、その前に決めることを決めておかねば……下界へ送るのは――」

「息子の天之忍穂耳命（アマノオシオミミノミコト）はどうだ」

「……ちなみに天之忍穂耳の子の名前は、天邇岐志国邇岐志天津日高日子番能邇邇芸（アメニキシクニニキシアマツヒコヒコホノニニギノミコト）というのですが、知ってましたか……」

「もう一回言ってみるがいい」

「天邇岐志国邇岐志天津日高日子番能邇邇芸命でございま……あっ……そこは」

天照の手が、思わせぶりな動きで思金の内ももに触れます。

「寿限無寿限無から後が覚えられんな」

「あ、天照様……覚えるつもりがございませんね」

「とりあえず、孫はめでたい。そいつに行かせる」

天照が、そう言ってもどかしげに思金のはだけた衣服の前に手を忍ばせ、胸に手を這わせたそのとき――

「失礼します。お祖父様」

と、部屋を仕切った麻布の向こうから誰かの声が聞こえました。

「誰だ」

「天邇岐志国邇岐志天津日高日子番能邇邇芸命……略して邇邇芸命（ニニギノミコト）です」

天照は興を削がれたような顔で思金を見ると、「入れ」とぶっきらぼうに言いました。

「思金よりここへ来るように言われたのですが」

部屋に入ってきた邇邇芸を見て、天照は「ほお」と、感嘆の息を漏らしました。

まだ若いにしては落ち着きを備え、少年ではありながらどこか大人びた佇まい。

しかし今はそれどころではありません。天照と思金のふたりは慌てて服をなおします。

それを見た邇邇芸は、

「おふたりの服が乱れておりますが……なにか諍いごとでも」

天照はあからさまな作り笑いを浮かべ、

「むしろ仲が良すぎるくらいだ。おまえも大人になればわかるだろう」そう言って邇邇芸の肩を叩きます。

「邇邇芸よ、話は聞いているな？　下界は初めてか」

「はい。聞くところによれば下界では野蛮なる有象無象の神が好き勝手に世界を作り変えているとか。許せぬと思っていたところです」

そう言って邇邇芸が薄く笑うと、周囲がさっと冷たくなりました。

天照と思金はそれに気づきましたが、むしろその様を頼もしく思い、微笑み返しました。

「よし。では私の三種の神器を持って行くが良い。天岩戸にこもったときに外へ招いた鏡とそのときにつけていた勾玉、須佐之男命（スサノオノミコト）が八俣大蛇を退治して手に入れた草薙剣だ。下界へ行って、これを私だと思って祀るが良い。必ずやご利益がある」

「おお……これがあの伝説の三種の神器……お祖父様の御威光を下界の隅々まで届けて参ります。さっそく準備にとりかかりますのでこれで」

と、立ち上がった邇邇芸に、

「待て」

と天照は鋭い視線を向けます。

「なにか」

「さっきまでどこにいた」

「……部屋におりましたが」

なんとも言えない間のあと、天照は邇邇芸の服をつかみ小さな染みを見つけました。

「これは血か。どんな遊びをしていた」

思金が不穏な空気を察して邇邇芸をかばおうとなにかを言おうとしましたが、邇邇芸はそれを制して言いました。

「お戯れを。部屋で絵を描いていたときについた顔料です」

そう言ってやんわりと笑う邇邇芸に向かって、天照は厳しい顔で告げます。

「あまり調子に乗るなよ。私ほどの神となると若造の考えていることなどすべてお見通しだ」

「肝に銘じておきます。では、これで」

邇邇芸が去っていったのを見届けると天照はふうとため息を付いて、「そろそろ執務が……」と逃げようとする思金を抱き寄せます。そうして、

「続きだ」

と、乱暴に彼の服を剥ぎ取りました。

「や、やめてく……」

思金は、そのまま机の上に押し倒されると口をふさがれ、手篭めにされてしまいました。

＊

高天原の外れにある、地上まで伸びた天橋立の上で邇邇芸は腕を組んで下界を見下ろしておりました。

「天照。所詮は耄碌《もうろく》した老害だったな。言いなりになる神ばかりだと思うなよ……僕こそが地上で新世界の神となる」

親指の爪をかみながらそう言って笑うと、腰に佩《は》いた剣を抜きました。

磨き抜かれた草薙の剣の刀身に映る、野心に満ちた己の両目がこちらを見つめ返しています。

「この三種の神器さえあれば地上の蛮族などひとたまりもない。楽しみだな。片っ端から嬲《なぶ》り殺して……おっと、まだここは高天原だ、行儀よくしていないとな」

三種の神器をその身に携えた邇邇芸は冷たい笑みを浮かべて、剣を鞘に収め下界へと降りていきました。

その途中のことです、眼の前に突然神の一団が現れ、

「邇邇芸様！」
と声をあげてこちらへ手を振ってきます。何事かと近づくと、ひとりの老人が前に出てこのようなことを言いました。
「お初にお目にかかります。私、猿田毘古神（サルタビコノカミ）と申します。この度の天孫降臨に際しましては私が先導させていただきます」
「僕を信用していないのか？」
「いいえ、そういうわけではございません。高貴な方が降りられるにはそれなりの様式というものも必要でございましょう」
「お祖父様になにか言われたのか？　まあいいさ。好きにしろ」
「ありがとうございます。皆の者、邇邇芸様を地上までお守りしろ」
こうして邇邇芸は、猿田毘古を筆頭に、
天児屋命（アメノコヤネノミコト）
布刀玉命（フトダマノミコト）
天宇受売命（アメノウズメノミコト）
伊斯許理度売命（イシコリドメノミコト）
玉祖命（タマノオヤノミコト）
の五人の従者を連れて天から地上へ降りていきました。

このあと、地上に降りたある神は穀物を守り、ある神は勾玉の作り方を伝え、祭司を司り、舞を伝える神となってそれぞれに役目を果たしました。

そして邇邇芸は、かつて伊邪那岐が禊ぎをし、天照が生まれた場所である筑紫の日向の高千穂に居を定め、天に届くほどの大きな神殿を建てました。

こうして天照の孫が地上に遣わされたことで、大きく歴史が動きはじめたのであります。

木花佐久夜毘売

邇邇芸たち天から降りた神々――天津神《あまつかみ》――は、長い時間をかけて地上の人々と対話し、彼らの中へと溶け込んでいきました。

その道のりは平坦ではなく、時には衝突も起こり多くの血が流れましたが、天照の孫である邇邇芸は、その仕事を淡々とこなしました。

地上が神々によって治められたころ、邇邇芸は立派な青年となっておりました。

――虚しい――なんなのだこの虚しさは。

その日、邇邇芸はいつもより遠くへ足を伸ばして、笠沙《かささ》の岬というところを散歩しておりました。

――殺しにも飽きた。女も男も、みな私の前では頭を垂れる。地上ではすべてが思いのままだ。

邇邇芸は天照の血を色濃く引いて、その能力は神々のなかでも随一。

高天原においても、天照と引けを取らぬ力を持っておると噂されておりました。

その噂を恐れた高天原の神々は、邇邇芸を地上へと縛りつけようと、様々な無理難題を彼に押し付けました。

しかしながらそれを乗り越えれば乗り越えるほど、高天原は彼を危険人物として、より一層遠ざけようとするのでした。

――かくなる上は、退屈しのぎに高天原に戦争を仕掛けるのも面白いか。あの天照がどんな顔をするのか……楽しみだ。

しかし、自分のそのような空想が所詮は絵空事であることくらいは、聡明な邇邇芸は理解しており、ますます虚しくなるのでした。

あてもなく浜辺を歩きながら雲を見つめていると、花びらの混じった風が邇邇芸の頬を撫で、突然花の香りに包まれました。

不思議に思い、あたりを見回すと浜辺の先にある桜の木の下に誰かいるのが見えました。

邇邇芸はそこまで歩いていくと、木陰に座って海を見ている男に声をかけました。

「そこから何か面白いものは見えるか」

「珍しいものが見える。天にいるはずの者が地上を歩いている」

そう言って男は欠伸をしたあと、いたずらっぽく笑い、それを見た邇邇芸は、まるで花が咲くように笑う男だな——と思いました。

「僕を知っているのか」

「邇邇芸だろ。このあたりであんたを知らない者はいない。大人はみな、子供たちには天津神を見かけたら近づかないように言い聞かせる」

「無礼な物言いだな。殺されたいのか？」

「殺すとか殺さないとか、あんたはもう飽きるほどそれを繰り返してきただろう」

「知ったふうな口をきくな。おまえの名は」

「大山津見神（オオヤマツミノカミ）の息子、木花佐久夜毘売（コノハナサクヤヒメ）だ」

どこかで聞いたことのある名前でしたが、どこで耳にしたのか思い出せません。邇邇芸は自分を恐れないこの男のことが気になり、話を続けたくなりました。

「おまえは僕の何を知っているというのだ」

「あんたのこれまでの行いを見れば、だいたいのことはわかるさ」

綺麗ごとだけでは地上を治めることはできません。さまざまな策謀や騙し合いは言うに及ばず、ときには力を行使するのもやむをえませんでした。

「僕は最小限の争いで国を治めている」

「だけどあんたは戦争をしたくてたまらん。そうだろ。隠しても無駄だ」

邇邇芸の目がすうっと細められ、なぜわかった――と喉まで声が出そうになりました。

確かに邇邇芸は戦争のなかで、合法的に命を奪えることに快感を覚えていたのです。

「どうしてわかる」

退屈そうに欠伸をしたあと木花佐久夜毘売は、

「わかっていないのはあんただけだ。他人のほうが案外本質を見抜く」

のんびりとそう言いました。

「国津神に天津神のなにが理解できるという。この繁栄は誰のおかげだと思う」

「少なくともあんたのおかげじゃない。あんたは高天原から命令されてやってきた、単なる小間使いだ」

「口を慎め……いますぐその花を散らされたいか。天照は関係ない。僕は僕だ」

邇邇芸が激しい口調で詰め寄ると、木花佐久夜毘売は困った顔で、子供の相手をするかのように、

「あんたのそういうところは天照そっくりだ。傍若無人で、誰もが自分を愛すると信じて

いる」

と呟きました。

「実際そうだろう。僕に許されぬことなどない」

「誰もが言いなりになると思うなよ」

木花佐久夜毘売の余裕ぶった態度に苛立ち、邇邇芸はひとつこの男を試してやろうと、

「僕がおまえと契を結ぶと言ったら？」

そう言いました。

「あんたと俺が？」

木花佐久夜毘売はきょとんとした顔になったあと、弾けるように大きな声で笑い、

「冗談だろ。誰があんたなんかと」

と、答えます。あまりにも自然に放たれたその拒絶の言葉に、邇邇芸は自分の顔が紅潮していくのがわかりました。

激しい怒りにまかせて思わず剣の柄を握りましたが、すぐ後に、とあることを思い出してニヤリと笑いました。

「そうだな、では、おまえの兄と契を結ぶとしよう」

その言葉を聞いて、柔和だった木花佐久夜毘売の顔が凍りついたように固くなります。

それを見た邇邇芸は、嗜虐《しぎやく》的な快感に心を震わせさらに、

「思い出した。大山津見神の息子はふたりいるはずだ。確か、石長比売（イワナガヒメ）といったか。美しいらしいではないか。愉快なことになりそうだ」

そう続けると、今度は木花佐久夜毘売の顔が怒りで赤くなりました。

「兄を侮辱するな」

「よほど兄が大事と見える」

邇邇芸は動揺している木花佐久夜毘売をいたぶるように笑います。

「兄には手を出すな……」

「ではおまえが僕の求婚に応じるのか？」

「笑止……我々の一族はおまえを受け入れない」

「さあどうかな。そう思うのはおまえだけかも知れんぞ」

「ならば父の大山津見にでも聞いてみるがいい」

「そうしよう」

邇邇芸が先程まで感じていた虚しさはいつのまにか嘘のように消え失せ、かわりに、胸の奥から湧き上がる黒い欲望がその身を満たしていました。

翌日、邇邇芸が大山津見の屋敷を訪ねると、委細を聞いた出迎えの家臣たちが門の前にずらりと並んでおり、彼らの案内でうやうやしく奥の間に通されました。

「よく来てくださいました。話は聞いております」

「話が早いな。大山津見神よ、そなたの息子を僕の夫としていただきたい」

「なるほど。本気でしたか……しかし、息子をですか」

「心配するな。天津神の精は男女関係なく孕ませる。おまえの息子の腹はさぞかし良い具合だろう」

挑発のつもりで言ったその言葉に動じることなく、大山津見は平然と、

「いやいや、天津神様に見初められるとは……これはめでたい」

と言い放ちました。さらに、

「して——どちらの息子を」

と尋ねました。木花佐久夜毘売の美しさは言うに及ばず、それよりも広く知られているのは石長比売の醜さでした。ふたりの兄弟は幼少から仲良く育ちましたが、その気質は正反対。むろん邇邇芸もそのことを知っておりました。

邇邇芸が言葉を返す前に、大山津見はふむ——と頷いてこう言いました。

「いや……ここはそうですな。両方もらっていただきましょう」

「両方だと？」

その言葉に慌てたのは木花佐久夜毘売です。

「父上！　良いのですか！」

「かまわぬ」

大山津見は涼し気な顔でそう言うと老獪な笑みすら浮かべました。

天津神と息子が婚姻するとなれば、自らもまた天津神の系譜とつながることができる――それはこの地上で生き残るための戦略としては誰もが考えつく簡単なものでした。

彼は政治の重要性を理解していたので、自分の息子を天津神に嫁がせることには何の躊躇もなかったのです。

そのことに気づいていなかったのは、政治に興味のない息子だけでした。


そうして婚礼の日がやってきました。


その日、白い衣をすっぽり頭からかぶったふたりの男が邇邇芸の屋敷を訪ねました。

「来たな木花、そしておまえが兄の石長比売か。顔を見せろ」

「はい……」

石長比売がそっと顔にかかった布を取ると、現れたのはまるで潰れた岩のような顔の男でした。

邇邇芸は「おお」と、大げさに声をあげてその前にうやうやしく跪くと、

「なんと美しいのだ！　さっそく寝所へ」

とふたりを屋敷の奥へと伴います。

むろんこれが呆れた茶番であることくらい、ふたりの兄弟にわからぬはずはなく、ただただ不愉快なだけでしたが、邇邇芸の顔にもっと暗い、含みのある笑みが浮かんでいることまでは気づきません。

昼ながらも薄暗い奥の部屋は一本の細い蝋燭で照らされ、じっとりとした空気で満たされていました。

真新しい寝具の上に座ると、邇邇芸はふたりに向かって吐き捨てるように言いました。

「どうせおまえらふたりとも初めてなのだろう」

「うるさい……さっさとすませろ」

図星だったようで、木花佐久夜毘売は屈辱に震えながら唇を噛み、石長比売のほうは困ったように俯いています。

「しかし石長比売、あなたは噂通り美しい。美しすぎて触れることも畏れ多い」

そう言って、邇邇芸はあらかじめ寝所に用意しておいた縄を手にして、石長比売に近づきます。

「兄に何をする。傷つけるような真似は許さぬぞ」

「どけ、邪魔だ」

邇邇芸は木花佐久夜毘売を蹴倒し「おまえはそこで見ておれ」と命令すると、手早く石

長比売の両手と身体を縄で縛って身動きを取れなくした上で、

「さて、石長比売、これからどうなるかわかるな」

そう言って目を細めました。

「どう……されるおつもりですか」

「わからないのか？」

そう言っていつのまにか手にしていたなめし革の鞭を、鋭い動きで石長比売に振り下ろしました。

「ひあああっ――！」

「ほお。これは奇妙な岩よ。人の声が聞こえる――気の所為か？」

何度かそれを振り下ろすと、石長比売の衣が破れ、さらにその下の皮が破れて肩から血が滲んできました。

床に転がった石長比売をかばうために木花佐久夜毘売がその上に覆いかぶさります。

「やめろ！　兄に手を出すな」

「木花……私なら大丈夫だ……このくらいのこと……」

「麗しい兄弟愛だな」

邇邇芸は冷たい目でふたりを見下ろし、手にした鞭を今度は木花佐久夜毘売に何度も振り下ろして痛めつけました。

頑なに石長比売の上から動こうとしない木花佐久夜毘売に苛立ち、邇邇芸は言いました。

「どけ。どかぬと貴様らの一族を皆殺しにするぞ」

「許してください……どうか兄を傷つけるのは」

木花佐久夜毘売が息も絶え絶えになりながら懇願すると、邇邇芸は
「では、おまえが僕のものになると言うのか？」

とたずねました。

屈辱に顔を赤らめた木花佐久夜毘売は諦めたように、

「わかった……俺があんたのものになろう」

と答えたものの、邇邇芸は追い打ちをかけるように言います。

「では僕の前に跪け」

「だめだ……木花――」

そう言いかけた石長比売を殴りつけて、邇邇芸は木花佐久夜毘売の前に仁王立ちになると、縛られて床に転がった石長比売を一瞥し、

「よく見ておくがいい」

と、笑いました。そして木花佐久夜毘売と邇邇芸は朝までまぐわいを続けました。

翌朝、目を覚ました邇邇芸は体中にみなぎる生気を感じました。

――この不思議な感覚はなんなのだ。まるで生まれ変わったようだ……。

木花佐久夜毘売との交合によって霊力が増した邇邇芸は、寝所の縁側から朝もやのなかできらきらと輝く庭の草木を見つめ、世界の美しさにうっとりしました。

そうしてまた寝所に戻って、石長比売の縄を解くと、

「帰るがいい。おまえはもう用済みだ」

と吐き捨てるように言いました。

「私を……弟を嬲るためにお使いになったのですか……」

肩を震わせ憎しみのこもった目で見つめられたところで、邇邇芸には動じる様子もなく、

「驚きだな。まさか僕がおまえを娶《めと》るとでも思っていたのか？　おまえのどこにそのような価値がある」

と、平然と言い返しました。

石長比売は拳を握りしめて震えていましたが、最後に一言だけ、

「邇邇芸……おまえは必ずや報いを受けるであろう」

そう告げ、羽虫を憐れむような目を見せたかと思うと、そのまま朝もやのなかへ消えていきました。

その日の午後。石長比売を返された大山津見が深刻な面持ちで邇邇芸の屋敷を訪れまし

た。邇邇芸はそんなことはお構いなしに、飄々《ひょうひょう》とした顔で、

「石長比売の件なら謝ろう。あまりにも美しいゆえに、過ぎた贈り物だと思い送り返したのだが――」


そう返しました。

大山津見はそれにこう返しました。

「そうですか。しかしながら、非常にまずいことになりました。……息子をふたり送ったのには意味があったのです」

意味？　と邇邇芸は聞き返します。

「左様。木花佐久夜毘売は木に咲く花のように栄えるようにと、そして石長比売は岩のように永遠の命を得られるように……」

「なるほど。つまり、どういうことだ」

邇邇芸は大山津見が何を言おうとしているのかわからず、苛立った声で先を促します。

「つまり、ふたりと同時に契りを交わすべきだったのです。木花佐久夜毘売だけでは、あなたに備わる霊力は不完全でございます」

そういうことか――と笑い飛ばし、

「いやいやこれで十分であろう」

元来の自分の力だけでも十分だったのだ――と邇邇芸は言いましたが、大山津見はまだ

難色を示しています。

「……口にするのもはばかられますが、邇邇芸様はその力のかわりにもうひとつ手に入れたものがございます」

「手に入れたもの？　それはなんだ」

「死、でございます」

眼の前の大山津見が何を言っているのかわからず、邇邇芸は首を傾げました。

「あなたには寿命が備わったのです。定められた時がすぎれば、人間と同じように死を迎えるでしょう」


死。

自分が死ぬ。


やがて、その言葉がなにを意味しているのか気づいた邇邇芸は、みるみるうちに青ざめた顔になり立ち上がって叫びました。

「なんと言った……死だと……？　馬鹿な……この僕が死ぬというのか！」

「そうでございます」

「取り消せ！　そんなことはあってはならぬ！　石長比売を呼べ！」

　大山津見はゆっくりかぶりを振ってそれを拒否すると、邇邇芸をまっすぐ見据えて言いました。

「一度起きてしまったことはもはや取り消せませぬ。どうか、邇邇芸様におかれましては今後、限りある命の尊さを噛み締めて生きることをおすすめいたします」

「貴様……謀ったな！」

「めっそうもございません。あなたがもし、石長比売にも敬意を示していたならばさらなる繁栄が約束されたはずなのです。それを拒絶したのはあなた自身なのです」

「死……死だと！　この僕が死ぬだと！」

　邇邇芸は初めて感じる死の恐怖に絶えきれず、その場にへたり込みました。

　そして大山津見が退席したあと、ふらふらと立ち上がって自分の部屋へ戻ると、彼は何日もそこから出てきませんでした。

＊

　邇邇芸はそれからというもの、外に出てきても塞ぎ込んで口をきかず、人が変わったかのように暗くなりました。

　彼の様子に反して内政は滞りなく進み、国は繁栄していきましたが、それを見るたびに邇邇芸の胸中には木花佐久夜毘売の力と、その兄の呪いのことが思い出され、夜も眠れぬほど狂おしい死の恐怖に苛《さいな》まれるのでした。

そんなある日の午後、木花佐久夜毘売が邇邇芸の部屋をたずねました。

「何の用だ……」

憔悴して目が落ち窪んだ邇邇芸は、まるで別人のような姿になっていました。

「天照の真似ごとか？　こんなところに籠もっているからおかしくなる。外へ出たらどうだ」

「笑えぬ冗談だ……哀れんでいるのか。この僕を」

「哀れむ余地もなかろう。俺があんたを許したとでも思っているのか？」

「僕はなにも後悔していない。ただ、死ぬこと以外は」

「そうか。俺は別になにも思わないよ。この地上では誰もが死ぬ。珍しいことではない」

それよりも大事な話がある——木花佐久夜毘売がそう言って、ふっと笑って何気ないことのように、

「俺に子供ができた。天津神の精というのは不思議なものだ」

そう告げると、邇邇芸は木花佐久夜毘売に疑惑の眼差しを向けてこう言いました。

「僕の……子供だと？　そのようなことはありえない」

「なんだと？」

「おまえと契を交わしたのはあの一度だけだ……どうせどこか知らぬ国津神の子であろう」

「そこまで侮辱するのか……そうか。では証明してやろう」

「証明などできるものか……」

「この子が天津神の血を引いているならば、どのようなことがあっても無事生まれてくるはず。そうだろう？」

「天津神の子であればな……」

木花佐久夜毘売は抜け殻のようになってさえ自分を苦しめる邇邇芸に憎しみを覚え、彼を見返すために屋敷の庭に扉のない産屋を作りはじめました。

やがて臨月を迎えると、自らそのなかに入り、入り口を土でぬりかためました。

「ぐっ……う……見ていろよ邇邇芸」

陣痛に襲われいよいよお産というそのとき、自らその産屋に火を放ちました。驚いたのは屋敷の者たちです。

「木花佐久夜毘売様！」

「なんということだ！」

「なぜこのようなことを……」

臣下の者たちは大慌てで火を消すために桶を使って産屋に水をかけますが、火の勢いはとどまることを知らず、あっという間に産屋全体が炎に包まれました。

屋敷の騒ぎに気づいて庭に出てきた邇邇芸は、炎に包まれ崩れ落ちていく産屋を見て、

「……木花佐久夜毘売よ、なんという愚かなことを……乱心したか」

と呆れた口調で言い、踵を返してまた部屋に戻ろうとしました。

が、その時。

炎のなかから声が聞こえた気がして、邇邇芸はもう一度産屋のほうを振り返りました。

確かに、なにかが聞こえます。

「赤子の声がするぞ……」

「見ろあれを！」

臣下たちが産屋を指差すと、燃え盛る炎のなかに人影があります。

「木花佐久夜毘売様だ！」

人影が立ち上がってゆっくりと産屋からこちらへ歩いて来ると、赤子の泣き声がどんどん大きくなりあたりに元気よく響きます。

「木花……まさかあの炎のなかで無事だとは」

邇邇芸はなにが起きたのかわからず、近づいてくる木花佐久夜毘売に圧倒されるように後ずさりしました。

「見たか。この三人の子たちを。炎の中でも火傷ひとつ負わぬ。これが神の力でなくてな

んであろうか」

「確かに……まごうことなき天津神の力よ」

死に呪われた邇邇芸の目には、子供たちの生命力は眩しく映ったのでした。

三人の子供たちは、それぞれ、

火照命（ホデリノミコト）

火須勢理命（ホスセリノミコト）

火遠理命（ホオリノミコト）

と名付けられました。

しかし、子供が生まれてもなお邇邇芸と木花佐久夜毘売の関係は改善せず、ふたりはほとんど会うことはありませんでした。

七　山佐知毘古の章

火照命と火遠理命、豊玉毘売命

　さて邇邇芸命（ニニギノミコト）と木花佐久夜毘売（コノハナサクヤヒメ）の子供たちはそんな両親のもとにいながら、優れた側近たちに恵まれたせいでたいしてひねくれもせず育ち、すぐに家を出て外の世界で暮らすようになっておりました。

　長男の火照命（ホデリノミコト）は海佐知毘古（ウミサチヒコ）と名乗り、海の魚を捕って生活していました。

　また弟の火遠理命（ホオリノミコト）は山佐知毘古（ヤマサチヒコ）となって、山で獣を狩る生活をしていました。

　活動的すぎるふたりに挟まれて育った次男の火須勢理命（ホスセリノミコト）は子供の頃からひとり静かに家の手伝いをしていたのもあって、この頃は兄や弟とは距離をおいて、両親にかわって内政を仕切っておりました。

今日も山には山佐知毘古の雄叫びが響き渡っておりました。

「うおー！」

さっぱりとした短い髪に快活な笑みを浮かべた青年は、木の上から飛び降りると、どんぐりを食べていた猪の喉元に山刀を突き立て、素早く血抜きをして獲物を背負いました。

「よし。今日も狩りは上々だ」

血で汚れた草木染めの深緑の衣を身につけ、腰に山刀を佩き弓を背負った山佐知毘古。山の上の小屋に戻ると、獲物をさばき、火を焚き肉を串焼きにして食べると、残りを燻製にしました。

「腹も膨れた。さて、兄上殿はどうかな……」

山佐知毘古は鼻歌を歌いながら小屋の外に組んだ遠見台に登り、そこから海を見つめました。じっと目をこらしてみると、青空の下、海岸で静かに竿を垂らしている海佐知毘古が見えます。

「兄上殿は今日も釣りか。飽きもせずになんと几帳面な……ふむう。そろそろ山の幸にも飽きたな」

山佐知毘古はしばし考え込み、良いことを思いついたという顔をして、猪肉の燻製を手に山を下りていきました。

山佐知毘古は浜辺を横切り、

「おーい兄上殿」

と、海岸の岸壁で竿をたれる兄に手を振りながら駆け寄ると、革袋から肉を取り出しました。

「今日とれた猪肉です。新鮮なうちに兄上殿に食べていただきたくて持って参りました！」

黒髪をひとつに束ね、貝殻で作った胸飾りをつけた海佐知毘古は弟には目もくれず、真剣な顔をして直立不動で海に糸を垂らしております。

「兄上殿！」

山佐知毘古が近づこうとすると、海佐知毘古は足下を指さし、並べられた何本かの竿と桶と餌の入った袋の位置を確認し、

「そこ踏むなよ」

と冷たく言い放ちました。

「さすが兄上殿、相変わらずのこだわりです！」

「なにをしにきた」

「いい肉がとれたので兄上殿にもってきました。魚ばかりでは精がつきますまい」

海佐知毘古は山佐知毘古が持ってきた猪肉を一瞥すると、

「いらん。俺は魚で十分だ」

「ははは！　さすが兄上殿ですな！」

端から見るとなにがさすがなのかわからないのですが、山佐知毘古は兄のことが好きなので、なんでもかんでも肯定的です。

「そうそう、兄上殿を山からいつも見守るためにあの山の上に遠見台を設置いたしました。毎日観察しております」

海佐知毘古は、ふう……とため息をつくと、心の底から憂鬱な顔をして海を見つめました。

騒がしい弟から逃れるために海に来たのに、ことあるごとに来られてはたまったものではありません。

「ご安心あれ。私がいつでも兄上殿をお守りいたしますぞ」

「やめてくれ。俺はここで静かに釣りをして暮らしたいだけだ。こうして海に釣り糸をたらしているだけで心が凪いでいく。自然は乱雑だがそのなかに法則のようなものもあるのだ。その理を見ることで……おい、なにをしている」

「魚をさばいておりました」

「放流するつもりだったのに……」

「兄上殿に釣られた魚は果報者です！　ささ、一緒に食べましょう」

強引な弟に押し切られ、ふたりはきれいに三枚に下ろされた魚を焼いて食べました。

腹が一杯になった山佐知毘古はごろんと寝転んで言います。

「いやあ、久しぶりに食う海の幸は絶品でした。ときに兄上殿。私もそろそろ兄上と同衾《どうきん》したく存じます」

「おまえなにを言っている？」

「間違えました。同行です。一緒に釣りをしたいのです」

「嫌だ」

そっけない拒絶の言葉にもひるむことなく、山佐知毘古はむくりと起き上がって兄の肩を掴むと、

「一回だけでいいのです！」

とがくがく揺さぶります。

「嫌だ」

「一回だけ釣りがしたいのです！」

こうなるとしつこいのを知っていたので、いやいやながらも海佐知毘古は、

「ほんとに一回だけか」

と念を押して訊きます。

「もちろんです」

三度ほど頼み込まれて、

「しょうがない。一回だけだぞ……」

と折れた海佐知毘古は、一本の竿を山佐知毘古に手渡しました。

山佐知毘古は異様な興奮を見せながら、頬ずりせんばかりにうっとりした表情でそれをなで回します。「こ、これが兄上の竿！　感動です」

「そうか……」

これだから嫌なのだ……こいつに竿を触らせるの……と海佐知毘古は心のなかで思いつつ、淡々と釣りに戻りました。

「これが兄上の……竿」

「やめろ……おまえがなにか言うたびに自分が穢されているような気がしてくる」

海佐知毘古の嫌味もまったく耳に入らぬように、山佐知毘古はそこで釣りを続けますが、一匹も釣れぬうちから、

「兄上、飽きてきました」

とあくびをする始末。

「そうだろうな。おまえはそういう奴だ」

「さすが兄上殿、私のことはなんでもわかるのですね！」

「いや、すまん。やはりわからぬ。さっぱりわからぬ」

「兄上殿はいつもこんなことをしているから心が狭くなるのです。どれ、私の道具を貸し

ましょう。山へ狩りにでも行ってみては？」

無神経な山佐知毘古はそう言うと、地面に置かれた山刀と弓を指さします。もうなんでもいいから弟と一緒にいたくない海佐知毘古は、

「ああそうだな。おまえと離れられるならそれもいいかも知れんな……ではおまえは俺から見えぬ場所で存分に釣りを楽しめ」

と言い捨てて山へ入っていきました。

日が暮れたころに海佐知毘古が戻ってくると、山佐知毘古は寝ていました。

「おい起きろ」

「兄上殿、帰ってきたのですか。どうですか、久しぶりの山は」

まあまあだな、と言いながら摘んできた山菜を弟に分けてやり、

「山はどうも苦手だ。お互いの名前どおり、山は山、海は海がしっくり来る。そうだろう」

と言って弟に山刀を渡し、交換するように竿を取り上げます。

「そうですな」

海佐知毘古は、のんきにあくびをする弟を忌々しげに見つめ、とりあげた竿を手にしてぴくりと眉をつり上げました。

「おい……釣り針はどうした」

ん？　と一瞬だけ不思議そうな顔を見せた山佐知毘古は、ふむふむと考えて、

「ああ。落としたようですね」

　と笑顔で答えます。

「落としただと？　どこへ？」

「さあ、海の底でしょうか」

　海佐知毘古はわなわなと震え、

「……許さん……許さんぞ……」

　そう言って山佐知毘古の胸ぐらを掴んで引き寄せます。

「わかったから落ちついてくだされ」

「落ち着かぬ！　俺がきれいに毎日研いでいたあの釣り針を無神経な弟があっさりと海の底に沈めたことに俺はいま止めようのない殺意を覚えている」

　だんだんと首の締め付けが厳しくなり息ができなくなり、さすがに山佐知毘古もこれはまずいと思ったのか、

「あ、兄上殿！　ちょっ……明日までお待ちくだされ！」

　慌てて弁解すると海佐知毘古は手を緩めました。彼は、尻餅をついて地面にへたり込んだ山佐知毘古をにらみつけ、

「明日まで待ってもし見つからなかったら……兄弟の縁もこれまでだ」

　冷たい目でそう言い放ち、去って行きました。

残された山佐知毘古は困り果てました。

まさか釣り針ひとつで兄があれほどまでに感情をあらわにするとは思ってもいなかったのです。

「まいったな……とはいえ、海の水をぜんぶ抜いてしまうわけにもいかぬ。仕方あるまい……」

考え込んだ果てに、山佐知毘古は山の上の小屋に戻り、せっせとなにか作りはじめました。

翌日の昼頃。山佐知毘古は革袋を携えて海岸に立てられた海佐知毘古の小屋を訪ねました。

扉から出てくるなり兄は、

「釣り針は見つかったか」

と冷たく言い放ちましたので、山佐知毘古は自信満々で胸を張り、

「はい、これです」

と、ずっしりとなにか重いものが詰まった袋を手渡しました。

「なんだこれは」

海佐知毘古が袋の中を覗くと、不揃いの、鉄の釣り針が大量に詰められております。

「十柄の剣を溶かして五〇〇本の釣り針に変えました」

海佐知毘古が試しにひとつ釣り針を取り出して検分してみますが、どう見てもこれで魚が釣れるとは思えぬ代物です。

「いらん……元のものをかえせ」

「え、五〇〇本ですよ⁉　ちゃんと見て！」

山佐知毘古はその言葉が信じられず、驚いて兄の肩をつかんで揺さぶります。

「やめろ。五〇〇だろうが一万だろうが、このようなものは役に立たん。いいから元の釣り針をとってこい。いますぐ。海に飛び込んで」

しゅんとした顔で、山佐知毘古は上目遣いで兄を見つめ、

「私が泳げぬのを知っているでしょう」

と甘えたように言いますが、海佐知毘古はまったく譲らず、

「いいから取ってこい」

と冷たく言い放ちます。

「ご無体な」

「なくしたおまえが悪い。取ってくるまで許さん」

「兄上は私と釣り針のどっちが大事なんですか」

と究極の選択を迫るも、あっさりと、

のです。

「そのとき、初めて山佐知毘古は自分が本気で兄に疎まれていることに気づいてしまった

「嘘を言っているように見えるか」

「嘘ですよね……」

と言われ、凍り付きました。

「釣り針だ」

兄に嫌われた……もうだめだ。どうすればいいんだ……私は。

どこをどうきたのか、茫然自失で肩を落として海岸を歩いていると、

「どうされましたかな」

誰か声をかける者がありました。

顔を上げて見ると、そこには白いひげをたくわえ、杖をついた老人が立っておりました。

「おまえは？」

「私は塩椎神（シオツチノカミ）と申します。あなたは山佐知毘古様ですな。散歩している途中で何度かおみかけしたことがございます。今日は兄上のところへ行かれないのですか？」

「もう私は兄に会えないのだ……実は兄の釣り針をなくしてしまい――」

山佐知毘古が泣きながらこれまでのことを話すと、老人はふむ、とうなずいて、

「なるほど。では、あなたのために工夫しましょう」

と、海岸まで歩いて行き、そこにある一艘《そう》の小さな船を見せました。

「さあ。これに乗りなされ。そうして綿津見神（ワタツミノカミ）の屋敷に行ってくださいませ。良いですか。着いたら、門の横に湯津香木《ゆつかつら》があります。その木の上に登って待つのです。そうすれば、綿津見の息子である豊玉毘売命（トヨタマヒメノミコト）が現れるはず。彼に相談するのです」

「そいつは何者だ」

「幸運をもたらす者になるか、あるいは不幸をもたらすのか……それはあなた次第です」

山佐知毘古は老人に礼を言うと、その船に乗り、潮の流れのままに流されていきました。果たしてどこへ着くのか不安になりましたが、もはや兄に嫌われた身——どうとでもなれと投げやりに船の上で不貞寝しました。

陸に着くまで二日ほどはかかったでしょうか。

気づくとひとつの島に流れ着いておりました。浜辺に降りてあたりを見回すと、小高い丘の上に屋敷が見えます。

「老人の言っていた屋敷か」

言われたとおりに屋敷まで歩き、門の横にある木に登って待っていると、男がやってき

ました。

「あれが海の神の息子か？」

それにしては質素な衣――どうやら召使いのようだと見当をつけて眺めていると、彼はそこにある井戸から水を汲みはじめました。山佐知毘古もちょうど喉が渇いていたところなので、木の上から、

「おい、私にも水をくれ」

と声をかけました。

「驚いた、そんなところで何をしているのですか？」

「見てわからないか。木登りだ」

召使いは「ああ、それは大変ですね……」と言いながら、器に水を汲んで山佐知毘古に手渡しました。

しかし、山佐知毘古はそのときになって、

「待てよ……こいつ、毒を入れてるかも知れない。さっきからなんだかこちらを見る目が冷たい……」

と、怖くなってきました。

とっさに首飾りの玉を外し、口に含んで器の中に吐き出すと、それは不思議な力で器の内側にくっついてとれなくなりました。

「こ、これは不思議な美しい玉ですな……これはいったい……」

「遠慮するな。おまえにやろう」

ちょっとした遊びのつもりが、召使いは妙にかしこまり、こちらを見る目もさきほどとは違い、熱を帯びています。

――もしやこの方は高貴なお方なのでは？　これはすぐに報告せねば……と、召使いはすぐに屋敷に戻って豊玉毘売に報告しました。

「豊玉毘売様。これをご覧ください」

屋敷で湯浴みをしていた豊玉毘売は、湯船の中からそれを見て、

「ほお、器に玉がついておるな。しかも見たことのない美しさだ」

とその美しさに感心しました。

「井戸の横の木の上になかなか見たことのないような美しい男の方がおりまして、その方が吐いた玉です。外れないのでそのまま持ってまいりました」

「美しい男が？　ははは。とはいえ、そいつは父上よりいい男ではないだろう」

「どうでしょう。好みの問題ではありますが、私が見たところかなりの男ぶりでございました」

豊玉毘売は父以外の男をあまり見たことがないので、なんだかすごく興味がわいてきました。

「父上よりも……そんな男がこの世界に存在するのか……⁉　気になる……気になるぞ！」

豊玉毘売は召使いとともに、すぐに井戸に行って木の上に呼びかけました。

「そこにいる男よ、姿を見せるがいい。我こそは海の神の息子、豊玉毘売なり」

豊玉毘売の名前を耳にした山佐知毘古は、驚いて木から落ちそうになりました。

あの老人が言っていた私を助けてくれるかも知れない男……ついに現れたか。

恐る恐る下を見ると、海の色を写したような美しい衣に身を包んだ高貴な雰囲気の男がいました。

涼しげな切れ長の目。そしてどこまでも透き通るような白い肌。山佐知毘古がうっとりしていると、豊玉毘売は、

「そなたはどこから来た」

と尋ねました。

「私は山からやってきた天津神の血を引く者だ。今そちらへ降りよう」

そう言って山佐知毘古は木から降りると、豊玉毘売の前に立ちました。

「天津神の末裔。ここへなにをしにやってきた」

「おまえに会いに来た」

「僕に？　な、なにを言っておるのだ……」

豊玉毘売はそんなことを言われたのが初めてだったので思わず取り乱して頬を赤らめました。

「私とおまえが会うことは運命だったのだ。さあ、おまえの父に会いに行こう」

「それはどういうことだ……」

「どうもこうもない。運命のままに身を委ねようではないか」

山佐知毘古に手を握られ、なんだか頭がぼーっとして気持ちよくなってきた豊玉毘売は、言われるがままに屋敷に彼を招き入れました。

門から入ってきた息子を見た綿津見は驚きました。

「おお、あなたは山佐知毘古様ではありませぬか」

「私を知っているのか」

「海佐知毘古と山佐知毘古の兄弟のことは、ここにも伝わっております。今日はどのようなご用件で?」

一体なにがどう伝わっているのか少々気になりましたが、それを口にする前に豊玉毘売が言います。

「父上、この方は僕と契りを結びたいそうです」

「なるほど。山佐知毘古様はよろしいのですか」

「あ……はい。いささか突然のことに驚いておりますが、これも運命ですので」

「それはめでたいことだ。ではすぐに婚礼を」

綿津見は山佐知毘古を家の中に招き入れ、アシカの皮の敷物を八枚重ねて敷き、その上に絹の敷物を八枚敷いた場所へ座らせました。さらに召使いに言って百の机に結納品を積み上げさせ、料理を用意し婚儀を行いました。

山佐知毘古はその日のうちになぜか、海の国で暮らすことになってしまいました。

海の国で結婚して三年が経った頃のことです。明け方に寝床で山佐知毘古が、

「釣り針……悪夢に出てくる！　釣り針がおれを！」

と叫ぶ声で、豊玉毘売は目を覚ましました。

「どうされましたかわが君」

揺さぶられてはっと目を覚ますと、山佐知毘古はやっとここへやってきた理由を思い出しました。

「わ、私はなにを口にしていた……？」

「釣り針が……と寝言で」

山佐知毘古はその言葉を耳にすると、釣り針……釣り針……とまるで恐ろしい獣を前にした子供のように布団に潜り込んでおびえました。

「というわけなんです父上」

その日の午後、豊玉毘売は綿津見に明け方の山佐知毘古の様子を伝えました。

「儂がちょっと話を聞いてみよう」

そう言って、寝室へ入ると、そこには憔悴した顔の山佐知毘古がいました。

「息子から聞きました。三年のあいだ楽しく過ごしたあなたなのに、今はひどい顔をなさっている。なにかお悩みでもおありか？　そういえば三年前に聞き忘れていましたが、どうしてここに？」

「聞いてくれ……実は……」

山佐知毘古は綿津見に兄との関係と、なくした釣り針のことを話しました。

それを聞いた綿津見は、

「そのようなことだったのですか。もっと早く教えていただければ良かったものを……儂にお任せください」

と、すぐに海の魚たちをすべて呼び寄せて「釣り針を見たことがある者はおるか」と呼びかけました。するとそのうちの一匹が、

「そういえば鯛がまえから喉に何か刺さっているといってなかったか？」

と口にしました。

「どれ。鯛よ、ちょっと見せるが良い」

「はは……」

綿津見が鯛の喉を調べてみると、釣り針がでてきました。

釣り針を綺麗に洗って屋敷に戻り、山佐知毘古に見せると、「そ、それだ！」と震えながらそれを手にしました。

「やっと見つけたぞ。これで兄上の気持ちも元通りになるに違いない、すぐに返しに行くぞ」

慌ただしく立ち上がった山佐知毘古を「まあまあ」と落ち着かせて、綿津見はとある知恵をさずけました。

「良いですか？　この釣り針を返すときには、『これはふさぎの釣り針、あせりの釣り針、まずしい釣り針、おろかの釣り針』ととなえて後ろ手にわたしてくださいませ」

「なんだその呪文は」

「ただのおまじないです。あと、もしあちらに戻って兄上が田を作ったら、あなたは逆のところに作るのです。むこうが高いところなら低いところに、むこうが低いところなら高いところに作ってくだされば、私が水を送りましょう。私は水の神ですから」

「田か……でもそんなことをして、また兄上様に嫌われないだろうか」

「大丈夫です。これを」

綿津見は手のひらにおさまるくらいの綺麗な珠を二つ見せて言います。

「こちらの塩盈珠《しおみつたま》をつかうと、たちまちのうちに相手は水に溺れ、こちらの塩乾珠《しおふるたま》を使うと助けられます」

「何を言っている！　兄にそんなひどいことができるわけがないだろう！　そんな珠はいらん」

山佐知毘古は、汚らわしいものを見たとでもいうように二つの珠から目を背けましたが、綿津見は、

「念のためでございます」と無理矢理それを持たせすぐに鮫を呼び集め、なかでも泳ぎの早さに自信のある者に、「くれぐれも海を渡るときに怖い思いをさせるな」と言い聞かせました。

義理の父とはいえ、どうして綿津見がそこまで自分によくしてくれるのか不思議になって、

「どうしてだ。なぜ私にここまで――」

と聞くと、綿津見は山佐知毘古の手を握り、指を絡めて、

「帰ってきたら、ふたりで酒でも飲みましょう」

と意味ありげな笑みを浮かべましたが、鈍い山佐知毘古は「そうだな」とあっさり流しました。

鮫の背に乗って陸へ戻った山佐知毘古は、乗せてくれた鮫に礼を言うと、自分が持っていた紐つきの小刀をはずして、

「ありがとう、礼の印としてこれを」

と、鮫の首につけてやりました。これ以来、その鮫は佐比持神（サヒモチノカミ）と呼ばれるようになりますが、それは後の話。

久しぶりに戻ってきた山佐知毘古はさっそく針を返すために兄に会いに行こうと、浜辺を歩きはじめました。

この浜辺も三年ぶりか……兄上はどうしているだろう。まてよ……さすがに三年経てば、釣り針のことなど忘れているかも知れない。三年もひとりでさみしい思いをしていたところに、突然現れる弟……これは驚いて感動の再会というのも考えられる。うむ。間違いないぞ！

そう思うと歩く速度はどんどん早くなり、気がつくと全力で浜辺を走っておりました。兄の海佐知毘古が暮らす海辺の小屋が見えてくると、扉を蹴破らんばかりの勢いで中へ入り、

「兄上！　三年ぶりに弟が戻りましたー！」

そう叫んで囲炉裏のそばに座っていた兄に抱きつきました。

「なっ……！　なんだ貴様は！　あつっ！」

兄は手にしていた湯飲みをこぼすと、山佐知毘古を払いのけて「曲者《くせ》！」と立ち上がって距離を取りました。

「私です！　弟の山佐知毘古です！」

兄は「ん？」とまじまじ顔を確認すると、大きくため息をついて落胆したような顔で、

「何の用だ……おまえとは縁を切ったはずだぞ」

と目をそらして邪険に言い放ちました。てっきり再会を喜んでもらえると思っていた山佐知毘古は、その態度にがっかりしてうなだれ、

「兄上……無理もない。大切にしていた釣り針をなくした私が悪かったのです。ですが、あれから三年、やっと見つけてまいりました。これを」

そう言ってきらきら光る小さな釣り針を兄に手渡そうとしました。

「ああ、そう言えばそんなものもあったな」

兄の言葉に手が止まります。

「まさか……忘れておられたのですか」

ここにきて、ふつふつと自分のなかにいままで気づかなかったような黒い感情がわいてくるのを感じました。

「まあいい。返してもらおう、それを渡せ」

山佐知毘古はそのとき、綿津見の言ったことを思いだし、後ろ手に――これはふさぎの釣り針、あせりの釣り針、まずしい釣り針、おろかの釣り針――とつぶやいて針を差し出しました。

「なにか言ったか」

針を受け取った海佐知毘古は眉をひそめてそう聞きましたが、山佐知毘古はうつむいてかぶりを振りました。

「いえ……」

「今日はもういい。帰って休むがいい」

「せっかく三年ぶりなのですから、一緒に食事でもいかがでしょう」

「そのようなことより今宵の寝床の心配をしたらどうだ。おまえの小屋は風雨にさらされてもう跡形もないのだからな」

三年かけて兄の言うとおりに釣り針をもって帰ってきた弟への仕打ちがこれか……山佐知毘古の拳は知らぬうちに固く握りしめられておりました。

「では……失礼します」

山佐知毘古が小屋から出て、かつて暮らしていた山小屋に戻ると、言われたとおりそこにはなにもありませんでした。

それからしばらく山佐知毘古は、小屋を作ったり畑を作ったり、兄とは距離を取って生活しておりました。

ところが、落ち込んだ気持ちとは逆に、小屋を作ったあたりの草木は生き生きと育ち、作る畑にはたちまちのうちに作物が実ります。

そういえば……綿津見がなにか言っていたな。こんなに離れているのに、綿津見の力が働いているのか？　そういえば……豊玉毘売はどうしているのだろう。思わず飛び出してきてしまったが……。

山佐知毘古は海の向こうが恋しくなりました。

こんなことならあちらで暮らすべきだった。そうすれば……兄上をこんなふうに憎むこともなかったというのに。そうだ、あちらへ戻ろう……。

山佐知毘古は、この山から出て行く決意を固めると、最後に兄に会いに行きました。

久しぶりに浜辺の小屋をたずねると、以前と雰囲気が違い、小屋も浜のそばに作られた畑も荒れ果て、なにやら良からぬ空気が漂っています。

「兄上……おられますか」

扉を叩いて中へ踏み込むと、中には頬がこけて痩せた兄が壁にもたれかかって座り、ぎらぎらした瞳でこちらをにらんでいます。

「……そのお姿はいかがなされたのですか」

山佐知毘古は兄のやつれきった顔に驚いて近づこうとしましたが、その手に抜き身の刀が握られていることに気づき、動けなくなりました。

「なかなかよく効く呪いだな……三年なんの修練を積んだ？」

「なにをおっしゃっているのですか……」

「おまえが帰ってきてからというものおかしなことばかりだ。釣り針が戻ってきたのはいいが釣果はなし、畑は作れども実らず、熱は下がらぬ……どうだ？　満足か」

「そんな――」

山佐知毘古は綿津見に教えられたまじないがどういう結果を引き起こすのか知っていながら、刹那の憎しみに駆られて自分がとってしまった行為を悔やみました。

しかし――

「兄上がそのようになった今なら、私にもなにかできることもありましょうぞ。どうかお頼りください。そうですとも、私の畑は実り多く、山の幸は手に余るほど。兄上を助けることなど容易いことです」

山佐知毘古はそう言って微笑み、兄に手を差し伸べました。

それを聞いた兄はふっと目を細めました。

弟はそれを許しととりましたが、彼はわかっていなかったのです。兄は弟の心から湧き出る狡猾さと、傲慢さばかりを嗅ぎ取ったことに。

「ではさっそくおまえに頼みがある」

よろめきながら立ち上がる兄を見つめて、弟はうれしそうに笑いました。

「なんでもおっしゃってください」

「簡単なことだ……そこから動くな」

「え？」

言葉の意味を理解する前に、その頭上に刀が振り下ろされ――。

「なっ！　なにをなさいますか！」

「なぜ逃げる」

間一髪で刀を避けた山佐知毘古は青ざめた顔で兄を見ると、綿津見にもらったあの珠の存在を思い出し、無我夢中で、

「し、塩盈珠！」

懐から珠を取り出して握りしめました。

すると、空中に潮の香りが満ち、みるみるうちに海水が青い柱のように立ち上がり、海佐知毘古の体をすっぽりと包み込みます。

突然あらわれた水のなかでもがき苦しむ兄の目は死の恐怖に染まり、無様に救いを乞う様は愚かな羽虫のように見えました。

兄の命を左右する力を手にした全能感に震える山佐知毘古は、塩乾珠を使って水を消し去ると、床に倒れて呑んだ水を苦しそうに吐いている兄に近づいて言いました。

「兄上様、わかりましたか。私に逆らっても無駄なのです」

「げほっ……ひ……ひと思いに殺せ……」

「なにをおっしゃいます。私は兄上様のことを愛しております。どうしてそのようなことができましょうか」

海佐知毘古はずぶ濡れの体を床に横たえたまま、目だけを動かして山佐知毘古を見ました。

「わかった……もういい、おまえの言うとおりにすればいいのだろう……なにが望みだ」

山佐知毘古は爽やかに笑って、

「兄上は疲れているのです。今夜は私が伽《とぎ》をいたしましょう」

言葉の意味がわからず、海佐知毘古は弟を見ますがその目はうつろで、あまりにも底が見えません。

「なにを……言っている……」

「兄上様は私の言うとおりにすればいいのです」

そう言うと、山佐知毘古は濡れた兄の服を脱がせて、強く抱きしめました。存在を確かめるように全身を撫で、体を重ねるその様は大きな蛇が獲物を食らうようにも見えました。

こうして兄弟の因縁に終止符を打った山佐知毘古と海佐知毘古のあいだには、新たなるゆがんだ関係が結ばれたのでした。

豊玉毘売命

数日後。山佐知毘古が、呪いによって身体の弱った兄をいつものように介護していると、とんとんと扉を叩く者がありました。

「誰だ」

戸を開いてみると、そこにいたのはひとりの男でした。

「ああ、わが君よ！　お久しぶりです」

「そなたは豊玉毘売……！　しばし待たれよ……」

山佐知毘古は慌てて扉を閉めると、兄に見つからないように豊玉毘売を少し離れた海岸へ連れて行き、そこで話をしました。

「どうしたのだその姿は」

豊玉毘売の姿をよく見ると、不自然なほど腹が膨れております。

「実は子がおります」

「なんだと⁉」

「さすが天津神の力。聞いていた通り、男である私もこのとおり。もうすぐ臨月を迎えます。この子は山佐知毘古様の子なれば、海ではなく地上で産むのが最善と思い、ここまでやって参りました……ところであの小屋は……？」

「あの小屋には私の兄がいる」

「ああ、そうでしたか。それは失礼を……それならご挨拶をさせてください」

「それには及ばぬ。兄は病んでいるのだ。そっとしてやってくれ。それよりもここで出産するのならすぐに産屋を作らねばな」

山佐知毘古は、海辺の渚に鵜《う》の羽を萱《かや》の代わりに葺《ふ》いた産屋を作る作業に入りましたが、それが完成する前に、

「う……うう……き、来ました！　これが噂の産みの苦しみというやつですな……ぐぐぐ……産まれそうです山佐知毘古様……」

豊玉毘売が陣痛で苦しみはじめたちょうどそのとき、渚の向こうから誰かが歩いてくるのが見えました。

「はやく産屋に入るのだ」

山佐知毘古は近づいてくるのが兄だと気づいて、慌てて豊玉毘売をまだ未完成の産屋に押し込みます。

「山佐知毘古様。ひとつだけ約束を……海で産まれた私たちは出産のとき、本来の姿に戻

ります。絶対に中を覗かぬようにお願いいたします……」

「承知した」

山佐知毘古は、天津神の祖先である伊邪那岐の伝説を伝え聞いておりました。黄泉の国で、見るなと言われた愛しい人の醜い姿を見てしまうという失敗――。

「私は約束は必ず守る。安心して子を産むが良い」

安堵の表情を浮かべる豊玉毘売を残し、山佐知毘古は産屋の戸を閉め、すぐにその足で近づいてくる兄へ駆け寄ります。

「どうしたのです兄上様」

「……いや、なにやら妙なものがあるので見に来たのだ」

「お体に障ります。戻りましょう」

「中から声が聞こえるぞ……なにか隠しているのではないか。さきほど尋ねてきた男は何者だ」

海佐知毘古のうつろな目の奥には、かすかな怯えの色が混じっております。

「兄上がお気になさるようなことではございません」

山佐知毘古は笑顔を作り、兄を追い返そうとしますが、取り乱した兄はなおも食い下がり、

「俺を捨てるつもりか……」

と不安な様子で産屋を覗こうとします。

「おやめください。兄上でもそればかりは見過ごせません」

「これは産屋ではないか……俺の浜辺にこのような汚れたものがあるのは許せん……」

ふう……とため息をついて山佐知毘古は懐にある珠を握りました。

仕方あるまい。かくなる上は――

「兄上様。それ以上詮索するのはおやめください。また溺れたいのですか」

そう言って珠をちらつかせましたが、兄は一瞬怯えた顔を見せた後に、嫉妬に燃える目でにらみ返してきました。

「暴いてやる……この中にいるのだろう！　おまえの男が！」

そう言ったかと思うと、海佐知毘古は産屋の扉を蹴破るようにして中へ入り、そこにいたものを見て「うわっ！」と、悲鳴を上げました。

「さ、鮫が……鮫がおるぞ！」

「鮫……!?」

山佐知毘古も驚いて中へ入ると確かにそこには鮫がいました。

そうです。豊玉毘売は巨大な鮫になって腹ばいで、のたうちまわっていたのです。

「ひいいい……！」

海佐知毘古は恐怖に駆られてそこから逃げ出すと、浜辺で腰を抜かして倒れ、気を失いました。

　鮫は、豊玉毘売の声で悲しげに山佐知毘古の心に語りかけます。

(山佐知毘古様……あれほど見てはいけないと言ったのに……どうして)

「これは私のせいではない……兄が……」

(本当の姿を見られたからには一緒におられぬのが海の掟……)

「待ってくれ！　豊玉毘売！」

(お別れです……さようなら)

　そう言うと、鮫は身を翻し産屋から飛び出して海に戻ると、そのまま沖へと帰って行きました。

「なんということだ……豊玉毘売が行ってしまう……」

　海の向こうを見つめてうなだれ、崩れ落ちるように浜辺に膝をつくと、産屋から赤ん坊の泣き声が聞こえてきます。慌ててもう一度産屋に戻ると、そこには小さな男の赤子がいました。山佐知毘古は赤子を抱き上げると、こう言いました。

「おお……産屋を葺き終えぬうちに生まれた赤子よ。そなたに鵜葺草葺不合命（ウガヤフキアエズノミコト）という名を授けよう」

　こうして山佐知毘古はひとり、赤子の面倒を見ることになりました。

さて、一旦は海に帰った豊玉毘売でしたが、山佐知毘古への思い冷めやらぬまま、毎日泣き続けていました。

それを見ていた父の綿津見も、山佐知毘古が帰ってこないことを心から残念に思いました。

それでも、どうしても諦めきれぬ豊玉毘売は、自分の弟である玉依毘売命（タマヨリヒメノミコト）を呼び、彼に手紙を託して、代わりに地上へ行ってくれるように懇願しました。

「玉依毘売よ、頼む……地上の山佐知毘古様にこの手紙を届けてくれないか」

玉依毘売はあきれた顔で兄を叱りつけました。

「そんなことよりも兄様が産み落とされた赤子はどうなさるおつもりですか」

「それは……」

「山佐知毘古様ひとりで赤子を育てるのは、兄様が思うよりも大変でしょう」

「……それはそうだが、とにかくこの手紙を……」

赤子のことよりも、夫のことを気にする兄の態度に業を煮やした玉依毘売は、立ち上がってその手紙をひったくるように掴んで言いました。

「わかりました。行きましょう……ですが、私は自分の子供を差し置いて、夫のことばかり気にかける兄様の気持ちがわかりません。私はもう戻ってきません」

あっけにとられている兄の目の前で、玉依毘売はてきぱきと旅支度を調えて、

「赤子はあちらで私が立派に育てて見せます。それでは」

と、旅立って行きました。


その夜、山佐知毘古が泣き止まぬ赤子を浜辺であやしていると、海の向こうから見覚えのある男がやってきました。

「なんと……おまえは豊玉毘売の弟の玉依毘売ではないか」

「おひさしぶりです」

男は礼をするとこう言いました。

「山佐知毘古様ひとりで赤子を育てるのは大変であろうと思いやってきました。幼少の頃より、赤ん坊の面倒をよく見ていたので多少はお力になれるかと」

ちょうど兄の調教と、赤子の面倒を見るのに大忙しだった山佐知毘古は、

「よく来てくれた。ひとりで子供を育てるのは大変だったから助かった……」

そう心から感謝しました。

「兄から山佐知毘古様へ、手紙を託されております。これを」

「おお……豊玉毘売からの手紙か！」

さっそく開いてみますとそこには、このような歌がしたためられておりました。

赤玉《あかだま》は
緒さへ光れど
白玉の
君が装《よそひ》し
貴くありけり

（赤い玉は輝いて見えますが、あなたの姿はもっと美しい白い真珠でした……）

「なんと美しい歌だ……では私も歌を返そう」

沖つ鳥
鴨著《かもど》く島に
我が率寝《ゐね》し
弟は忘れじ
世のことごとに

（沖つ鳥が住む島で暮らしたあのころ、おまえと寝たあのときのことは永遠に忘れないだろう……）


その歌は風に乗って海を渡り、豊玉毘売の耳に届きました。

夜の海を見つめながら、山佐知毘古は呟きます。

「父、邇邇芸の代より、われら天津神にも死が訪れるようになった……。この命尽きるそのときまで、私は豊玉毘売を忘れず愛そう……」

兄も豊玉毘売も同じように愛している――そのことは、山佐知毘古にとって偽りのない事実なのでした。

しかしその胸中を知らぬ玉依毘売から見ると、山佐知毘古はただ自分の欲望に忠実な節操のない男にすぎません。

（信用のならぬ男よ……赤子は私がまっとうに育てねばならぬな……）

玉依毘売はそう心に誓うのでした。


さて、このあと山佐知毘古は優れた徳を発揮し、高千穂宮で五八〇年政治を行い、死後は高千穂に墓が作られるほどでした。

彼の息子である鵜葺草葺不合は、叔父の玉依毘売のおかげで立派に育ち。やがてその玉依毘売と結ばれました。

そして玉依毘売は五瀬命（イツセノミコト）、稲氷命（イナヒノミコト）稲毛沼命（ミケヌノミコト）、若御毛沼命（ワカミケヌノミコト）、という四人の男の子を生みました。

末っ子の若御毛沼命は別名豊御毛沼命（トヨミケヌノミコト）とも神倭伊波礼毘古命（カムヤマトイワレビコノミコト）とも呼ばれ、山と海と天、この三つを治め、やがて我々の国の、最初の王となります。

こうして、古事記のなかで上巻にあたる神話の時代はここに終わりを迎え、これ以降は血なまぐさい人の時代となっていきます。

海の砂と水が混じり合うように、天津神の血をひいた王たちは、人と混じり、国を広げ、やがて我々の世とつながっていきますが、それはまだまだもっと先の話。

夜の海は、神と人の営みを見守るように、静かに波の音を響かせ続けるのでした。

神様リスト

※本書は古事記上巻のみの翻訳のため、中・下巻に登場する神様は省略した

本書に登場する神様

はじまり

別天津神《ことあまつかみ》＝肉体を持たない、概念のような存在であり、世界のはじまりを司る神様。それぞれ独神《ひとりがみ》と呼ばれる単独で成った神であり、一柱（神様の単位）一代と数える。

・**天之御中主神**［アメノミナカヌシノカミ］　天の中心を統べる神。

・**高御産巣日神**［タカミムスヒノカミ］　生む神、成す神。別名は高木神（タカギノカミ）。

・**神産巣日神**［カミムスヒノカミ］　神を生む神。

・**宇摩志阿斯訶備比古遅神**［ウマシアシカビヒコヂノカミ］　葦の芽を神格化した神。

・**天之常立神**［アメノトコタチノカミ］　宇摩志阿斯訶備比古遅神とともに現れた神。

神代七代《かみよななよ》＝別天津神の次に現れた神様であり、独神と、男女二柱で一代と数える組神がいる。伊邪那岐命と伊邪那美命以外の六代は、一六九ページ「本書では省略した神様」を参照。

・**伊邪那岐命**［イザナギノミコト］　誘いの男神。伊邪那美命の対となる組神。

・**伊邪那美命**「イザナミノミコト」 誘いの女神。別名は黄泉津大神（ヨモツオオカミ）、道敷大神（チシキノオオカミ）。

一　伊邪那岐命と伊邪那美命の章

・**火之迦具土神**「ヒノカグツチノカミ」 伊邪那岐命と伊邪那美命の生んだ火の神。別名は火之炫毘古神（ヒノカガビコノカミ）、火之夜芸速男神（ヒノヤギハヤオノカミ）。

・**天照大御神**「アマテラスオオミカミ」 黄泉の国から帰った伊邪那岐命が左目を洗った時に生まれた神。高天原を治める。

・**月読命**「ツクヨミノミコト」 伊邪那岐命が右目を洗った時に生まれた神。夜の国を治める。

・**建速須佐之男命**「タケハヤスサノオノミコト」 伊邪那岐命が鼻を洗った時に生まれた神。海原を治める。

二　天照大御神と須佐之男命の章

・**思金神**「オモヒカネノカミ」 思慮深い知恵の神。高御産巣日神の子。

・**天児屋命**「アメノコヤネノミコト」 天岩戸で祝詞を唱えた神。

・**布刀玉命**「フトダマノミコト」 天岩戸で神具を捧げ持った神。

・**天宇受売命**「アメノウズメノミコト」天岩戸の前で踊った神。のちに猿女君（サルメノキミ）となる。

・**伊斯許理度売命**「イシコリドメノミコト」 天の金山の鉄から鏡を作った神。

・**玉祖命**「タマノオヤノミコト」三種の神器である「八尺瓊勾玉」を作った神。

・**天手力男神**「アメノタヂカラオノカミ」 怪力の神。

三　須佐之男命の章

・**大宜都比売**「オオゲツヒメ」 食物の神。

・**大山津見神**「オホヤマツミノカミ」 山の神。

・**足名椎**「アシナヅチ」 大山津見神の子。別名は稲田宮主須賀之八耳神（イナダノミヤヌシスガノヤツミノカミ）。

・**手名椎**「テナヅチ」 足名椎の妻。

・**櫛名田比売**「クシナダヒメ」 足名椎、手名椎の子。

・**大国主神**「オオクニヌシノカミ」 須佐之男命と櫛名田比売の五代目の子孫。大いなる国の神。別名を大穴牟遅神（オオナムヂノカミ）、葦原色許男神（アシハラシコオノカミ）、八千矛神（ヤチホコノカミ）、宇都志国玉神（ウツシクニタマノカミ）。

四　大国主神の章

・**八上比売**［ヤガミヒメ］稲羽の八上に住む姫。

・**兎神**［ウサギカミ］稲羽の白兎

・**𧏛貝比売**［キサガイヒメ］赤貝。

・**蛤貝比売**［ウムギヒメ］蛤。

・**大屋毘古神**［オオヤビコノカミ］紀伊の国に住む神。別名は五十猛神（イタケルノカミ）。

・**須勢理毘売**［スセリビメ］須佐之男命の子。大国主神の正妻。

・**木俣神**［キノマタノカミ］大国主神と八上比売の子。別名は御井神（ミイノカミ）。

・**沼河比売**［ヌナカワヒメ］高志国に住む姫。八千矛神の妻。

・**久延毘古**［クエビコ］かかし。別名は山田曾富騰（ヤマダノソホド）。

・**少名毘古那神**［スクナビコナノカミ］神産巣日神の子であり、大穴牟遅神の弟となる。姿が小さい。

・**大物主神**［オオモノヌシノカミ］大国主神と国作りをした神。大国主神の別名という解釈もある。

五　天照大御神と大国主神の章

・**素子穂耳**［オシホミミ］須佐之男命が天照大御神の左のみづらに巻いた御統《みすまる》から生んだ神。正式名称は正哉吾勝勝速日天忍穂耳命（マサカアカツカチハヤヒアメノオシホミミノミコト）。

・**天之菩卑能命**［アメノホヒノミコト］須佐之男命が天照大御神の右のみづらに巻いた御統から生んだ神。

・**天若日子**［アメノワカヒコ］天津国玉神（アマツクニタマノカミ）の子。

・**下照比売**［シタデルヒメ］大国主神の子。天若日子の妻となる。

・**天佐具売**［アメノサグメ］人の心を探る神。

・**阿遅志貴高日子根神**［アヂシキタカヒコネノカミ］大国主神と多紀理毘売命（タキリビメノミコト）の子。別名は阿遅鉏高日子根神（アジスキタカヒコネノカミ）、迦茂大御神（カモノオオミカミ）。天若日子と姿がよく似ている。

・**高比売命**［タカヒメノミコト］阿遅鉏高日子根神の妹。別名は下光比売命（シタテルヒメノミコト）。

・**伊都之尾羽張神**［イツノオハバリノカミ］伊邪那岐命が、

妻の命を奪った息子迦具土神の首を斬った刀から生まれた神。

・**建御雷之男神**［タケミカヅチノオノカミ］ 伊都之尾羽張神の子。雷電と剣の神。

・**天迦久神**［アメノカクノカミ］ 大国主神のもとに最初に派遣された使者。

・**天鳥船神**［アメノトリフネノカミ］二度目に同行した使者。別名は鳥之石楠船神（トリノイハクスブネノカミ）。

・**八重言代主神**［ヤエコトシロヌシノカミ］ 大国主神の子。言葉を司る神。

・**建御名方神**［タケミナカタノカミ］ 大国主神の子。怪力。

六　邇邇芸命の章

・**天邇岐志国邇岐志天津日高日子番能邇邇芸命**［アメニキシクニニキシアマツヒコヒコホノニニギノミコト］ 素子穂耳と万幡豊秋津師比売命（ヨロズハタトヨアキヅシヒメノミコト／高木神の子）の子。兄は天火明命（アメノホアカリノミコト）。

・**猿田毘古神**［サルタビコノカミ］ 猿の姿をした神。別名は底度久御魂（ソコドクミタマ）、都夫多都御魂（ツブタツミタマ）、阿和佐久御魂（アワサクミタマ）。

・**木花佐久夜毘売**［コノハナサクヤヒメ］ 大山津見神の子。別名は神阿多都比売（カムアタツヒメ）。

・**石長比売**［イワナガヒメ］ 木花佐久夜毘売の妹。岩のように寿命が長い。

・**火照命**［ホデリノミコト］ 邇邇芸命と木花佐久夜毘売の子。最も火の勢いが強い時に生まれた。のちに海佐知毘古（ウミサチヒコ）となる。

・**火須勢理命**［ホスセリノミコト］ 邇邇芸命と木花佐久夜毘売の子。火の勢いが進んだ時に生まれた。

・**火遠理命**［ホオリノミコト］ 邇邇芸命と木花佐久夜毘売の子。火の勢いが失われた時に生まれた。別名は天津日高日子穂穂手見命（アマツヒコヒコホホデミノミコト）、虚空津日高（ソラツヒコ）。のちに山佐知毘古（ヤマサチヒコ）となる。

七　山佐知毘古の章

・**塩椎神**［シオツチノカミ］ 潮路を司る神。

・**綿津見神**［ワタツミノカミ］ 海の神。伊邪那岐命と伊邪那美命の子。別名は大綿津見神（オオワタツミノカミ）。

・**豊玉毘売命**［トヨタマヒメノミコト］ 綿津見神の子。

・**佐比持神**［サヒモチノカミ］ 山佐知毘古を背に乗せて

運んだ鮫。

・**鵜葺草葺不合命**［ウガヤフキアエズノミコト］山佐知毘古と豊玉毘売命の子。

・**玉依毘売命**［タマヨリヒメノミコト］豊玉毘売命の妹。のちに甥である鵜葺草葺不合命の妻となる。

・**五瀬命**［イツセノミコト］、**稲氷命**［イナヒノミコト］、**御毛沼命**［ミケヌノミコト］、鵜葺草葺不合命と玉依毘売命の子たち。

・**若御毛沼命**［ワカミケヌノミコト］同じく鵜葺草葺不合命と玉依毘売命の子。別名は豊御毛沼命（トヨミケヌノミコト）、神倭伊波礼毘古命（カムヤマトイハレビコノミコト）。のちの神武天皇。

本書では省略した神様

神代七代

・**国之常立神**［クニノトコタチノカミ］国土を司る独神。

・**豊雲野神**［トヨクモノノカミ］豊かな雲の独神。

・**宇比地邇神**［ウヒヂニノカミ］＋**須比智邇神**［スヒヂニノカミ］泥や砂の組神。

・**角杙神**［ツノグヒノカミ］＋**活杙神**［イクグヒノカミ］杙《くい》の組神との説もあるが、名義未詳。

・**意富斗能地神**［オホトノヂノカミ］＋**大斗乃弁神**［オホトノベノカミ］居所の組神。

・**淤母陀琉神**［オモダルノカミ］＋**阿夜訶志古泥神**［アヤカシコネノカミ］人体の完備と意識の発生についての組神。

伊邪那岐命と伊邪那美命が作った神

・**大事忍男神**［オオコトオシオオノカミ］名義未詳。

・**石土毘古神**［イハツチビコノカミ］石や土の神。

・**石巣比売神**［イワスヒメノカミ］石や砂の神。

・**大戸日別神**「オオトヒワケノカミ」　門戸を司る神。
・**天之吹男神**「アメノフキオノカミ」　屋根を葺く神。
・**大屋毘古神**「オオヤビコノカミ」　家屋の神。
・**風木津別之忍男神**「カザモツワケノオシオノカミ」　風に関する神との説もあるが、名義未詳。
・**速秋津日子神**「ハヤアキヅヒコノカミ」、**速秋津比売神**「ハヤアキヅヒメノカミ」　河口を司る神。
・**志那都比古野神**「シナツヒコノカミ」　風の神。
・**久久能智神**「ククノチノカミ」　木の神。
・**鹿屋野比売神**「カヤノヒメノカミ」　野の神。別名は野椎神（ノツチノカミ）。

速秋津日子神と速秋津比売神が作った神

・**沫那芸神**「アワナギノカミ」、**沫那美神**「アワナミノカミ」　水面が凪ぐことと波立つことの神格化。
・**頬那芸神**「ツラナギノカミ」、**頬那美神**「ツラナミノカミ」　沫那芸神と沫那美神と同様。
・**天之水分神**「アメノミクマリノカミ」、**国之水分神**「クニノミクマリノカミ」　分水嶺を司る神。
・**天之久比奢母智神**「アメノクヒザモチノカミ」、**国之久比奢母智神**「クニノクヒザモチノカミ」　ひさごで水を汲んで施すことを司る神。

大山津見神と鹿屋野比売神が作った神

・**天之狭土神**「アメノサヅチノカミ」、**国之狭土神**「クニノサヅチノカミ」　土の神。
・**天之狭霧神**「アメノサギリノカミ」、**国之狭霧神**「クニノサギリノカミ」　霧の神。
・**天之闇戸神**「アメノクラドノカミ」、**国之闇戸神**「クニノクラドノカミ」　渓谷の神。

病んだ伊邪那岐命が作った神

・**大戸惑子神**「オオトマトヒコノカミ」、**大戸惑女神**「オオトマトヒメノカミ」　迷いの神との説もあるが、名義未詳。
・**金山毘古神**「カナヤマビコノカミ」、**金山毘売神**「カナヤマビメノカミ」　病んだ伊邪那美命の吐瀉物から生まれた神。
・**波邇夜須毘古神**「ハニヤスビコノカミ」、**波邇夜須毘売神**「ハニヤスビメノカミ」　病んだ伊邪那美命の大便から生まれた神。
・**彌都波能売神**「ミツハノメノカミ」　病んだ伊邪那美命の小便から生まれた神。

・**和久産巣日神**［ワクムスヒノカミ］ 彌都波能売神の次に生まれた神。別名は豊宇気毘売神（トヨウケビメノカミ）。

絶望した伊邪那岐命が作った神

・**泣沢女神**［ナキサハメノカミ］ 黄泉の国へ行ってしまった伊邪那美命を想い、泣いた伊邪那岐命の涙から生まれた神。

・**石析神**［イハサクノカミ］、**根析神**［ネサクノカミ］、**石筒之男神**［イハツツノオノカミ］ 伊邪那岐命が、妻の命を奪った息子火之迦具土神の首を斬った際、刀の先についた血が岩の上にほとばしって生まれた神たち。

・**甕速日神**［ミカハヤヒノカミ］、**樋速日神**［ヒハヤヒノカミ］、**建御雷之男神**［タケミカヅチノオノカミ／別名は建布都神、豊布都神］ 同様に、刀の根本についた血が岩の上にほとばしって生まれた神たち。

・**闇淤加美神**［クラオカミノカミ］、**闇御津羽神**［クラミツハノカミ］ 刀の柄に溜まった血から生まれた神たち。

・**正鹿山津見神**［マサカヤマツミノカミ］ 伊邪那岐命に殺された火之迦具土神の頭から生まれた神。

・**淤縢山津見神**［オドヤマツミノカミ］ 同様に、火之迦具土神の胸から生まれた神。

・**奥山津見神**［オクヤマツミノカミ］ 同様に、火之迦具土神の腹から生まれた神。

・**闇山津見神**［クラヤマツミノカミ］ 同様に、火之迦具土神の性器から生まれた神。

・**志芸山津見神**［シギヤマツミノカミ］ 同様に、火之迦具土神の左手から生まれた神

・**羽山津見神**［ハヤマツミノカミ］ 同様に、火之迦具土神の右手から生まれた神。

・**原山津見神**［ハラヤマツミノカミ］ 同様に、火之迦具土神の左足から生まれた神。

・**戸山津見神**［トヤマツミノカミ］ 同様に、火之迦具土神の右足から生まれた神。

黄泉の国に行った伊邪那美命の体に居座っていた神

・**大雷**［オオイカヅチ］ 頭にいた神。

・**火雷**［ホノイカヅチ］ 胸にいた神。

・**黒雷**［クロイカヅチ］ 腹にいた神。

・**析雷**［サクイカヅチ］ 性器にいた神。

・**若雷**［ワカイカヅチ］ 左手にいた神。

・**土雷**［ツチイカヅチ］ 右手にいた神。

・**鳴雷**［ナリイカヅチ］ 左足にいた神。

・**伏雷**［フシイカヅチ］ 右足にいた神。

黄泉の国で生まれた神

・**意富加牟豆美命**［オオカムツミノミコト］ 伊邪那岐命が雷神を撃退するために投げた桃の神。

・**道反之大神**［チガヘシノオオカミ］ 黄泉の国比良坂（現在の出雲の伊賦夜坂）を塞いだ石の神。別名は塞坐黄泉戸大神（サヤリマスヨミドノオオカミ）。

黄泉の国から帰った伊邪那岐命が作った神

・**衝立船戸神**［ツキタツフナトノカミ］ 伊邪那岐命が捨てた杖から生まれた神。

・**道之長乳歯神**［ミチノナガチハノカミ］ 伊邪那岐命が捨てた帯から生まれた神。

・**時量師神**［トキハカシノカミ］ 伊邪那岐命が投げ捨てた袋から生まれた神。

・**和豆良比能宇斯能神**［ワヅラヒノウシノカミ］ 伊邪那岐命が投げ捨てた衣から生まれた神。

・**道俣神**［チマタノカミ］ 伊邪那岐命が投げ捨てた袴から生まれた神。

・**飽咋之宇斯能神**［アキグイノウシノカミ］ 伊邪那岐命が投げ捨てた冠から生まれた神。

・**奥疎神**［オキザカルノカミ］、**奥津那芸佐毘古神**［オキツナギサビコノカミ］、**奥津甲斐弁羅神**［オキツカヒベラノカミ］ 伊邪那岐命が左手に巻いた腕輪を捨てて生まれた神。

・**辺疎神**［ヘザカルノカミ］、**辺津那芸佐毘古神**［ヘツナギサビコノカミ］、**辺津甲斐弁羅神**［ヘツカヒベラノカミ］ 伊邪那岐命が右手に巻いた腕輪を捨てて生まれた神。

・**八十禍津日神**［ヤソマガツヒノカミ］、**大禍津日神**［オオマガツヒノカミ］ 黄泉の国の汚れから生まれた神。

・**神直毘神**［カムナホビノカミ］、**大直毘神**［オオナホビノカミ］、**伊豆能売神**［イヅノメノカミ］ この災いをただそうとして生まれた神。

・**底津綿津見神**［ソコツワタツミノカミ］、**底筒之男命**［ソコツツノオノミコト］ 水の底に潜ったところで生まれた神。

・**中津綿津見神**［ナカツワタツミノカミ］、**中筒之男命**［ナカツツノオノミコト］ 水の中で身を清めた時に生まれた神。

・**上津綿津見神**［ウハツワタツミノカミ］、**上筒之男命**［ウハツツノオノミコト］水の表面で身を清めた時に生まれた神。

天照大御神と須佐之男命が作った神

・**多紀理毘売命**［タキリビメノミコト／別名は奥津島比売命］、**市寸島比売命**［イツキシマヒメノミコト／別名は狭依毘売命］、**多岐都比売命**［タキツヒメノミコト］　天照大御神が須佐之男命の十拳の剣から生んだ神。
・**天津日子根命**［アマツヒコネノミコト］　須佐之男命が天照大御神のかづらに巻いた珠から生んだ神。
・**活津日子根命**［イクツヒコネノミコト］　須佐之男命が天照大御神の左手に巻いた珠から生んだ神。
・**熊野久須毘命**［クマノクスビノミコト］　須佐之男命が天照大御神の右手に巻いた珠から生んだ神。

天岩戸から天照大御神を出させるために集った神

・**鍛冶天津麻羅**［カヌチアマツマラ］　鍛冶の神。

須佐之男命の系譜

・**八島士奴美神**［ヤシマジヌミノカミ］　須佐之男命と櫛名田比売の子。
・**大年神**［オオトシノカミ］、**宇迦之御魂神**［ウカノミタマノカミ］　須佐之男命と神大市比売（カムオオイチヒメ／大山津見神の子）の子。
・**布波能母遅久奴須奴神**［フハノモヂクヌスヌノカミ］　八島士奴美神と木花知流比売（コノハナノチルヒメ／大山津見神の子）の子。
・**深淵之水夜礼花神**［フカブチノミヅヤレハナノカミ］　八島士奴美神と日河比売（ヒカワヒメ／淤加美神（オカミノカミ）の子）の子。
・**淤美豆奴神**［オミヅヌノカミ］　八島士奴美神と天之都度閇知泥神（アメノツドヘチネノカミ）の子。
・**天之冬衣神**［アメノフユキヌノカミ］　八島士奴美神と布帝耳神（フテミミノカミ／布怒豆怒神（フノヅノカミ）の子）の子。

大国主神の系譜（十七世の神）

・**事代主神**［コトシロヌシノカミ］　大国主神と神屋楯比売命（カムヤタテヒメノミコト）の子。
・**鳥鳴海神**［トリナルミノカミ］　大国主神と鳥耳神（トリミミノカミ／八島牟遅能神の子）の子。
・**国忍富神**［クニオシトミノカミ］　鳥鳴海神と日名照額田毘道男伊許知邇神（ヒナテリヌカタビチオイコチニノカミ）の

子。大国主神の孫。

・**速甕之多気佐波夜遅奴美神**〔ハヤミカノタケサハヤジヌノカミ〕 国忍富神と葦那陀迦神（アシナダカノカミ／別名は八河江比売（（ヤガハエヒメ）））の子。

・**甕主日子神**〔ミカヌシヒコノカミ〕 速甕之多気佐波夜遅奴美神と前玉比売（サキタマヒメ）の子。

・**多比理岐志麻流美神**〔タヒリキシマルミノカミ〕 甕主日子神と比那良志毘売（ヒナラシビメ／淤加美神（（オカミノカミ））の子）の子。

・**美呂浪神**〔ミロナミノカミ〕 多比理岐志麻流美神と活玉前玉比売神（イクタマサキタマヒメノカミ／比比・羅木之其花麻豆美神（（ヒヒラギノソノハナマヅミノカミ））の子）の子。

・**布忍富鳥鳴海神**〔ヌノオシトミトリナルミノカミ〕 美呂浪神と青沼馬沼押比売神（アオヌウマヌオシヒメ／敷山主神（（シキヤマヌシノカミ））の子）の子。

・**天日腹大科度美神**〔アメノヒバラオオシナドノカミ〕 布忍富鳥鳴海神と若昼女神（ワカヒルメノカミ）の子。

・**遠津山岬多良斯神**〔トオツヤマサキタラシノカミ〕 天日腹大科度美神と遠津待根神（トオツマチネノカミ／天狭霧神（（アメノサギリノカミ））の子）の子。

須佐之男命の子、大年神（オオトシノカミ）の系譜

・**大国御魂神**〔オオクニミタマノカミ〕、**韓神**〔カラノカミ〕、**曾富理神**〔ソホリノカミ〕、**白日神**〔シラヒノカミ〕、**聖神**〔ヒジリノカミ〕 大年神と伊怒比売（イノヒメ／神活須毘神（（カムイクスビノカミ））の子）の子たち。

・**大香山戸臣神**〔オオカガヤマトノカミ〕、**御年神**〔ミトシノカミ〕 大年神と香用比売（カガヨヒメ）の子。

・**奥津日子神**〔オキツヒコノカミ〕、**奥津比売命**〔オキツヒメノミコト／**別名は大戸比売神**（オオエヒメノカミ）〕 大年神と天知迦流美豆比売（アメチカルミヅヒメ）の子たち。竈《かま》の神。

・**大山咋神**〔オオヤマクイノカミ〕 大年神と天知迦流美豆比売の子。近淡海国《ちかつおうみのくに》の日枝《ひえ》の山、葛野《かずの》の松尾《まつのお》に居て、大きな音をたてる鳴鏑《なりかぶら》の神。別名は山末之大主神（ヤマスエノオオヌシノカミ）。

・**庭津日神**〔ニワツヒノカミ〕 大年神と天知迦流美豆比売の子。庭（労働の場）の神。

・**阿須波神**〔アスハノカミ〕、**波比岐神**〔ハヒキノカミ〕、**香山戸臣神**〔カガヤマトミノカミ〕、**羽山戸神**〔ハヤマトノカミ〕、**庭高津日神**〔ニワタカツヒノカミ〕、**大土神**〔オオツチノカミ／**別名は土之御祖神**（ツチノミオヤノカミ）〕 大年神と天知迦流美豆比売の子たち。

・**若山咋神**［ワカヤマクイノカミ］、**若年神**［ワカトシノカミ］、**若沙那売神**［ワカサナメノカミ］、**彌豆麻岐神**［ミズマキノカミ］、**夏高津日神**［ナツタカツヒノカミ］、**夏之売神**［ナツノメノカミ］、**秋毘売神**［アキビメノカミ］、**久久年神**［ククトシノカミ］、**久久紀若室葛根神**［ククキワカムロツナネノカミ］　羽山戸神と大宜都比売の子たち。

国譲りで登場する神

・**櫛八玉神**［クシヤタマノカミ］　大国主神のための料理を用意した神。

邇邇芸命が天から降り立つのに同行した神

・**天石門別神**［アメノイワトワケノカミ］　門の神。別名は櫛石窓神（クシイワマドノカミ）、豊石窓神（トヨイワマドノカミ）。
・**天忍日命**［アメノオシヒノミコト］　大伴の連などの祖先。
・**天津久米命**［アマツクメノミコト］　久米の直などの祖先。

本書のねらいと訳者解説

『古事記』を訳すにあたり、まず原文が載っている岩波の『日本古典文学大系〈第1〉古事記祝詞』を開いてみたものの、ほとんど読めないことに驚いた。試しに最初の一行を抜き出してみよう。

臣安萬侶言　夫混元既　凝氣象未效

最初にこれを見たとき、

「無理だ……中卒レベルの学力しかなく古文など学んだことがない俺にとっては今からバスク語でBLを書けと言われているようなものではないか……」

と、冷や汗が出た。

しかし、まずはハードルを低くして各種の漫画版『古事記』を読んで筋を追えるようになってから、何冊かの現代語訳『古事記』を読むと、おぼろげながらその奥深さが見えてきた。

とはいえ、残念なことに素人が『古事記』という文書を物語として読んで面白いかと聞かれると、うーん……と口ごもってしまう。

ジャンクフードのように複雑怪奇な現代の「物語」を摂取しすぎた身にとって、それらは素材の味だけで勝負するオーガニック料理のようなものである。

背景を理解し時間をかけて味わうことは大切だがしかし、そこに隠された比喩まで読み取れる人はそう多くはない（八俣の大蛇を退治する＝氾濫する川の治水工事の記録とか）。誰もがグルメだとは限らないのだ。

とっつきづらい原因の一つとして、例えば出てくる神様の行動と感情の関係がわかりづらいことが挙げられるだろう。

最初の伊邪那岐命と伊邪那美命にしても、どういう気分で地上に降り婚姻関係になったのかは書かれていない。

感情や心理の表現が非常に少ないのである。とはいえ、皆無なわけではない。

古事記のなかで感情は「歌」という形で表現される。

が、これまた現代人にとっていまひとつピンとこない。

まとめてみると、

・神様同士の感情があまり書かれていない
・系図はともかく、心理がわかりづらい
・神様の名前の羅列が多い
・隠された意味が多すぎて読み解けない

このへんがネックになっていそうだ。

まずは神様の心情と行動をある程度リンクさせ、その上で、系図的な関係もさることながら、彼らの愛憎も書いてみよう。さらに名前の羅列はおもしろさに寄与しないので、入れなくても良さそう……などなど、翻訳はあくまで古事記を楽しんで読めるものにするというスタンスで進めることにした。例えば、本作の八俣の大蛇の場面は非常に下品ではあるが、その姿には「治水」という意味が反映されている（たぶん）。他にも、数々の偉業や子孫を残した大国主神にはそのぶん多くの名前があるが、あまりにも多すぎるので多重人格と解釈したほうが現代では自然に思えるだろう。

つまり、この作品は古事記を読んだ結果生まれた、妄想の産物である。これを読んで古典に興味を持ってもらいたい——と出版社は思っているようだが、読者に原典を知られるといろいろ厄介なので訳者としては微妙である。

物語の前半がコメディ調で、後半がじめじめしてくるのは、意図したわけではないが、神から人への物語の移行という意味では自然な流れになった。

本書は上巻のみの訳である。この後、『古事記』は中巻で神武天皇、下巻で仁徳天皇の物語と、政治的な色を帯びていくのだが、そこでは上巻のユーモラスな要素は鳴りを潜めシリアスなトーンが続く。物語の続きが気になったら読んでみるのも良いだろう。ちなみに、「八百一万《やおいよろず》の神」は実際には「八百万《やおよろず》の神」である。まさかパロディであることに気づかない人がいるとは思えないが……念のために注意しておく。

古事記はまともに研究すると大変な文書である。もし、本来の『古事記』に興味を持たれたら、まずは何冊かの漫画で筋を把握し、現代語古事記を読み、さらに研究書を読むという順番がおすすめである（一八一ページ、底本・参考資料参照）。

知識が深まるのは面白いもので、BL訳のため『古事記』を読んでいたところ、たまたま「群像」で現在連載中の三浦佑之さんの評論「出雲神話論」を目にしたのだが、これがめっちゃ面白く読めるのである。謎解きゲームみたいな発見があってわくわくします。

最後に。

私は原典に忠実で正しい『古事記』ではなく、間違っていてもBL訳して面白い物語を書いた。

神様の精力はすごいので男でも妊娠するし、男なのにヒメと呼ばれているのはかわいいからだ。兄弟が喧嘩するのはだいたい痴情のもつれであり、須佐之男命が突然意味のわからない名前をつけるのは厨二病ゆえで、大国主神に名前がいっぱいあるのは多重人格のせいである。

もちろん根拠などない。

山なし落ちなし意味なし。正しく「やおい」である。そういう意味で、これはBL古典であり、古典BLでもあるかも知れない。

尊んでいただけたなら幸いである。

平成三十年十一月二十日　海猫沢めろん

底本・参考文献

底本
・『古事記』倉野憲司校注／岩波書店／一九六三年初版（二〇一八年八七刷参照）

参考文献
・『古事記』武田祐吉訳注／青空文庫
・『口語訳 古事記〈神代篇・人代篇〉』三浦佑之訳注／文藝春秋／二〇〇六年
・『古事記（日本文学全集01）』池澤夏樹訳／河出書房新社／二〇一四年
・『古事記と太安万侶』和田萃編／田原本町記紀・万葉事業実行委員会監修／吉川弘文館／二〇一四年
・『マンガ古事記 神話篇・伝承篇』阿部高明／原秀三郎監修／河出書房新社／二〇一七年
・『マンガ古典文学　古事記〈壱・弐〉』里中満智子／小学館／二〇一三年
・『ぼおるぺん古事記〈天の巻・地の巻・海の巻〉』こうの史代／平凡社／二〇一二～二〇一三年

訳者プロフィール

海猫沢めろん《うみねこざわ・めろん》

文筆業。『左巻キ式ラストリゾート』でデビュー。『キッズファイヤー・ドットコム』で第59回熊日文学賞受賞。ボードゲーム、カードゲームなどのアナログゲームを製作する「株式会社RAMCLEAR」創業者。

BL古典セレクション②

古事記

二〇一九年一月三十一日　第一刷発行

訳者　海猫沢めろん

発行者　小柳学

発行所　株式会社左右社
東京都渋谷区渋谷二-七-六-五〇二
TEL　〇三-三四八六-六五八三
FAX　〇三-三四八六-六五八四
http://www.sayusha.com

装幀　鈴木成一デザイン室

装画　はらだ

印刷・製本　創栄図書印刷株式会社

 ISBN978-4-86528-219-1

BL古典セレクション既刊

❶
竹取物語　伊勢物語
雪舟えま＝訳／ヤマシタトモコ＝装画／定価：本体1700円＋税
四六判並製／272ページ／978-4-86528-212-2 C0393

BL古典セレクション続刊

❸
怪談
ラフカディオ・ハーン＝著／王谷晶＝訳／二〇一九年三月刊行予定